Nona · 露娜

　　嗨，大家好，我是Nona露娜！從荷蘭遠道而來的瑪蓮萊犬，除暴安良、伸張正義是我犬生的目標！汪汪！我有個可愛能幹的兒子Espon阿爽繼承我的事業了，警隊裏年輕有為的新紮師弟們也已開始展露頭角，我是不是要考慮功成身退呢？和Max麥屎好好享受退休後的美好生活呢？可以考慮考慮！

Epson · 阿爽

　　瑪蓮萊犬家族最優秀的警犬之一！Nona露娜的兒子。生性聰明，身手敏捷的他，個性活潑，可謂全科警犬，是搜爆組的一顆耀目新星！完成香港奧運馬術保安工作重任後，現跟隨Hilton希爾頓學習搜查毒品的工作。當然，這讓他興奮不已。常自認為，露娜媽咪出品，必屬佳品！

Tyson · 泰臣

TYSON

　　這是Tyson泰臣，別再靠近他了！他是典型的洛威拿犬，「地盤」意識很強，會毫不猶豫地攻擊所有入侵者啊！雖然現在警犬隊犬才輩出，但是薑還是老的辣，他完全不失當年的勇猛，仍是警犬隊主力！他的小秘密，在警犬隊皆知，那就是──曾經十分愛慕Nona露娜！

Coby · 高比

　　「王牌搜索犬」高比體形龐大，是一頭聰明的拉布拉多犬。柚木前輩退休後，Coby高比繼承老爸的衣缽服役警隊，做搜索工作，更是很快便成為警犬隊林林有名的「王牌搜索犬」。噢，忘了告訴你們，他可是英國野外搜索冠軍的後代，祖先功績顯林，高比可是名門之後啊！

Antje · 安琪

大家好，我就是警犬隊的美麗公主——Antje安琪！現在我三歲，是犬類中的青春美女呢！身為瑪蓮萊犬的我，喜歡撒嬌，愛漂亮，但我可是非常友善和認真工作的犬隻。警犬隊中，據說有很多我的愛慕者，這可讓我有點害羞，當然，也讓我有點驕傲啦！

Lok Lok · 樂樂

　　英勇的洛威拿犬Lok Lok樂樂嫉惡如仇，但情商很好，不會狂躁暴力。他擅長的是以柔制剛，厲害吧！由於洛威拿犬生得高大威猛，一副不怒而威的相貌，連慣匪惡賊都懼怕七分！做過白內障手術的他，過一、兩年也要退休了，不過他可是童心未泯，活潑好動，在警隊常被譽為小犬子！

Max · 麥屎

MAX

　　Nona露娜的親密伴侶，他們一起從荷蘭來香港受訓，經過長期友好的相處，早已是有情犬終成眷屬了！並擁有了像Epson阿爽這樣優秀的兒子作接班人。因為年紀比較大，他即將退休，現在忙於調理身體，做一些輕便工作打發時間。

Nona · 露娜 & Max · 麥屎

　　我Nona露娜和親密的伴侶Max麥屎，在警犬隊服務多年，他因為年紀不輕要退休了，我呢，還會繼續工作一段時間。我們都衷心地希望警犬隊的年輕隊友們，認真工作，為警隊和香港社會服務，充分實現我們警犬的犬生意義！加油！

特警部隊 **6** 最終回
新修訂版

男孩的第一滴淚

孫慧玲　著

新雅文化事業有限公司
www.sunya.com.hk

特警部隊 6（新修訂版）

男孩的第一滴淚

作　　者：孫慧玲
繪　　圖：陳焯嘉
責任編輯：曹文姬　胡頌茵
美術設計：李成宇　蔡學彰
出　　版：新雅文化事業有限公司
　　　　　香港英皇道499號北角工業大廈18樓
　　　　　電話：(852) 2138 7998
　　　　　傳真：(852) 2597 4003
　　　　　網址：http://www.sunya.com.hk
　　　　　電郵：marketing@sunya.com.hk
發　　行：香港聯合書刊物流有限公司
　　　　　香港荃灣德士古道220-248號荃灣工業中心16樓
　　　　　電話：(852) 2150 2100
　　　　　傳真：(852) 2407 3062
　　　　　電郵：info@suplogistics.com.hk
印　　刷：美雅印刷製本有限公司
　　　　　九龍觀塘榮業街6號海濱工業大廈4字樓A室
版　　次：二〇二一年二月初版

ISBN: 978-962-08-7661-5
© 2013, 2021 Sun Ya Publications (HK) Ltd.
18/F, North Point Industrial Building, 499 King's Road, Hong Kong
Published and printed in Hong Kong

忠僕的頌歌

魔警事件深感歎

二零零六，甲戌年，屬狗的一年，發生了「魔警」徐步高用極其殘酷的手段殺害兩名同僚的駭人事件，全港傳媒多天來鋪天蓋地報道、渲染，引起全城紛紛議論，甚至抨擊香港警察的素質，懷疑香港警隊的能力，當然，樹大有枯枝，即使一個家庭，也會出敗家子，但我覺得，在香港生活，不失安全感，全因香港治安好，就是因為香港警察素質高，忠於職守，於是，促使我以懇摯的心，開始寫警察的故事，《特警部隊》系列小說的第一本在二零零七年出版，至今一共六本。

警犬情深智仁勇

我跟許多兒童一樣，喜愛動物，寫警察故事，我選擇了警犬，來讓少年兒童從警犬的故事中，認識警犬，也從而了解警察的工作。那種危險、那種艱辛，在那種全情投入，與賊匪對峙，奮不顧身的儆惡懲奸中，看到不論是人，或是警犬，都能夠堅守正義，盡忠職守，滿身散發殲滅罪行的鬥志和勇氣，有與罪惡誓不兩立的使命感！人和犬，心靈相通，互相關心，彼此扶持，忠誠相待，愛意永在，真教人動容。

《特警部隊》中每一個故事，都有其真實性，在搜集故事資料和撰寫故事時，我的內心起伏不已。警犬天性忠誠，勇毅不屈，叫人敬佩；牠們警覺性超凡，利用特有的敏銳聽覺和嗅覺，尖銳的犬牙和嘹亮的吠聲，使賊匪俯首就擒，叫人驚訝；牠們辦案時而機智百出，引來掌聲，但也時而犯錯誤，惹來指摘，牠們的際遇，跟人類一樣，有高低起伏，升沉進退，叫人感慨。同時，警察故事，離不開罪惡，挖得越深，便越驚心動魄，繁華底下的黑暗面，能不令人震慄，使人惆悵？

精彩系列用意深

《特警部隊》系列小説，一共六本：

1.《走進人間道》，寫警隊引進警犬，警犬學校的嚴格訓練，警犬在學習中表現的聰明，在考核中表現的英勇，警犬對領犬員，初相拒，後相隨，到推心置腹，合作無間的關係，妙趣橫生；

2.《伙記出更》，寫警犬初出道執勤的怯懦憨態，洋相百出，在對付變態刀片人、偷渡者、飛仔等實戰中提升了信心，增強了能力，過程使人發噱；

3.《搜爆三犬子》，寫警犬在奧運馬術比賽期間執行反恐保安工作的險象橫生和慘中陷阱，犬和犬之間尚且充滿陰謀詭計，更何況是人？故事可謂出人意表；

4.《緝毒猛犬》，寫犬有忠犬有惡狗，人有好人跟壞人，表面看似不可能犯罪的人，實際卻是可怕的大毒梟，叫人防不勝防，真箇忠奸難辨，人心叵測；

5.《少女的「秘密」》，集中揭示少女犯罪的種種情形和問題的嚴重性，少女是未來的媽媽，她們的思想行為絕對影響社會、國家的發展，是值得擔心的大危機；

6.《男孩的第一滴淚》，則將焦點放在探討少年的內心，少年鋌而走險，掙扎成長，他們的人生和內心，充滿迫逼與無奈，他們還有出路嗎？還有將來嗎？但願少年們都能在成長的挫折中見光明。

少年英雄跨三代

香港警犬，自小入伍，表現優秀的多不勝數，屢屢獲獎亦大不乏犬。我們看到牠們的忠誠可靠，英勇立功，但牠們心中的歡樂哀傷，恩怨情仇，我們又知道多少？能夠認識這些故事中的警犬，是我和你們的榮幸。

《特警部隊》系列中的香港警犬隊，橫跨三代：

第一代有精明機智的 Nona 露娜、穩重成熟的 Max 麥屎、英俊多情的 Rex 力士、憨厚害羞的 Jacky 積仔、善妒暴躁的 Tyson 泰臣、怯懦畏縮的 Lord 囉友、熱情敏銳的 Bo Bo 阿寶、高傲自恃的 Dyan 阿歹、改邪歸正的 Hilton 希爾頓；

第二代有 Nona 露娜的頑皮仔 Epson 阿爽、好動愛色 Baggio 巴治奧、王牌搜神 Coby 高比、嚴謹女神 Connie 康妮、嬌嗲公主 Antje 安琪、陰險毒辣 Jeffrey 綽飛；

第三代有「黑煞三王子」：三頭黑金剛，包括勇猛善戰 Tango 彈高、不怒而威 Owen 奧雲、剛柔活潑 Lok Lok 樂樂等，當然還有 Antje 安琪所生的幼犬……

故事串連停不了

　　數一數，竟有近二十頭之多，牠們就像人一樣，各有各的性格和所長，各有各的際遇和故事，我就以香港警隊從荷蘭引入的第一代瑪蓮萊犬 Nona 露娜做主線，用牠洞悉一切的靈慧犬眼看世情，串連牠和其他同儕驚險刺激的執勤際遇、艱苦準確的訓練和考驗，日常相處的趣事瑣事等，刻畫每一頭警犬獨特的性格、情緒、成長及面對考驗的種種，讓讀者看出趣味，也思考成長，思考社會。

衷心感謝好因緣

　　在此，謹以摯誠的心再多謝香港警犬隊前高級督察吳國榮先生，有他的協助和指導，我才能寫成這系列小說。寫到最後，故事中第一代的警犬都退休了，吳督察也退休了，而我，也從香港大學教師的崗位上退了下來，我們正在開展更豐盛多姿的人生階段，繼續以最大努力回饋社會，但願普天下成年人慈悲為懷，淨化社會，共建安祥和平，讓兒童都能夠健康快樂的成長。

　　《特警部隊》系列小說，得前香港警務處處長鄧竟成先生、警犬隊前高級督察吳國榮先生、立法會議員葉劉淑儀女士、前立法會主席曾鈺成先生、著名兒童文學前輩阿濃先生賞識賜序，再謹此致謝。在此，也要多謝新雅文化事業有限公司前董事總經理朱素貞女士支持、前副總編輯何小書女士督成、前編輯部經理甄艷慈女士費心，這系列六本警犬小說才得以出版，並得到讀者喜愛。而今年因得董事總經理兼總編輯尹惠玲女士賞識得以修訂再出版，謹此致以深摯謝意。

孫慧玲

（2021 年修訂）

目錄

第一章　劫法場

「劫法場」，竟然發生在現代的、國際大都會的香港，你說有可能嗎？可笑嗎？荒謬嗎？

武俠小說或戲劇中常有「劫法場」的情節，就是犯人被判死刑，擇日行刑時，犯人的武功高強的同黨或好友或家人，會突然手執武器，衝進刑場，與官兵展開廝殺，搶走犯人，這就叫做「劫法場」，場面緊張悲壯，可歌可泣，是故事高潮所在。

人們總以為「劫法場」只是舊社會才會發生的事，或者只是舊小說或戲劇中的情節，今天，我要說的這個「劫法場」的故事，就發生在今天的香港！一所香港法院內！

其中過程，簡直就是一齣電影，緊張、緊湊得使人屏息，大氣不敢透一口！

自從上次在柴灣歌連臣角山上捕捉十四歲少女通緝犯黃虹，被她的毒販男朋友毛仁義用刀劃過胸膛受傷之後，我 Nona 露娜被安排休息了一段日子*，今天，我 Nona 露娜又再精神抖擻地回到工作崗位，奉命和

陳 Sir 到屯門「行 beat＊」。屯門是新界的新市鎮，規劃良好，大廈林立，人口眾多，雖說人多好辦事，人多也就是環境複雜了，在屯門行 beat，可得打醒十二分精神哩。

「喂，不要走！」

十二時半，我們踱到屯門鄉事會路，正準備要收隊，休息午飯，我赫然聽到三條街以外腳步聲紛雜，有人大喝：「不要走！」

犬科耳朵靈敏，我 Nona 露娜比人類陳 Sir 聽到更遠更細的聲音，我收緊了腳步，豎起雙耳，鼻子在空中聞嗅，畢竟是合作慣了的兄弟，陳 Sir 立即感到我的不安，笑着對我說：

「Nona，肚子餓嗎？不用心急，很快吃午飯哩。」陳 Sir 拍拍我的背說。

屯門新市鎮，規劃良好，街道寬敞，遍植樹木，空氣清新，說真的，在屯門巡邏，真的比銅鑼灣、尖沙嘴、旺角一帶令人神經鬆弛得多，又時屆午飯時段，中午暖暖的太陽散發着閒適的訊息，唉，怪不得陳 Sir

＊有關 Nona 露娜在山上巧遇通緝犯被刀傷的驚險故事，請看《特警部隊 5．少女的「秘密」》。

＊行 beat：警察到街上巡邏。

會鬆懈下來。

事情總愛在人們鬆懈時發生！

地近屯門法院，執法之地，是三山五嶽、牛鬼蛇神的大忌，沒有人會認為有人斗膽在此做案的！陳 Sir 當然一千個不設防。

仔細一聽腳步聲，應該是五、六個人在追逐，唔……四個在前，二個在後。

「再走，我開槍！」

赫？開槍？一定是嚴重罪案疑犯！

我 Nona 露娜全身收緊，不敢怠慢，立即拉着陳 Sir 向前狂奔。

陳 Sir 也看見了，在正前方的法院街道上，三個少年和一個成年人，共一女三男，正沒命地從法院衝出來，走向行人天橋，對面馬路計程車站中，一輛計程車正在等候着。

「搶乘計程車麼？不用這麼緊張吧？」陳 Sir 嘀咕着，陳 Sir 見慣香港人搶乘計程車，但像今天這樣的惶急緊張，亡命狂奔，倒是第一次！

「我再警告你們，再走，我開槍！」

陳 Sir 看見了，兩位頭髮亂了的姊妹正從法院樓梯衝下來，手中拿着槍，向前指嚇。

　　入警隊這麼多年，我 Nona 露娜知道，Madam 亮槍，只為唬嚇前面沒命奔跑的男女，但「疑犯」手無寸鐵，而且當中三個是孩子，她憑什麼開槍？如果真的開槍，怎逃得過傳媒的挑剔責難，所以我認為，Madam 的確志在唬嚇唬嚇，開槍？似乎不可能，除非「疑犯」突然露出武器，威脅他人安全。

　　四人沒命地奔向巴士站，看清楚了，走在前頭的「女子」戴着墨鏡，一頭染得紫紅色的及肩頭髮，白色框墨鏡、戴着口罩，分明是不讓人看到真面目，她臂有紋身，身材魁梧，如果她是女人，就是一個「男人婆」；她拉着少女在前面狂跑；後面跟着兩個男孩，十四、五歲吧，染得一頭金髮，窄身 T 恤牛仔褲藍色閃光球鞋，是時下少年的潮流打扮。

　　計程車站離法院百多米，站內停着一輛計程車，計程車旁邊，站着另一個少年，正打開計程車車門等候着，不斷揮手向跑來的人呼叫道：「快，這裏！」

　　看來，他們是同黨，早有預謀，連逃走路線及截車等候，都一一計劃好。

　　現在，我 Nona 露娜、陳 Sir 和他們相隔一條街，他們正好向我們的方向走來！

　　他們只要走過了行人天橋下面，繞過路邊圍欄，

便可以跳上計程車，逃去無蹤的。

怎麼辦？我們一出現，他們便一定分頭逃遁，所謂擒賊先擒王，他們五個人，二女三男，誰是「王」？

陳 Sir 帶着我，隱身藏在天橋下樓梯角落，正思量怎樣做。

那邊廂，兩名女警氣喘吁吁地在後面邊追邊喊前面的奔跑者停步。

法院上面，一隊衝鋒隊正持槍衝出來，遠水哪能救近火？

路上行人不算多，看見追逐場面，紛紛退到一旁看熱鬧。

有的說：「警察追賊麼？」

一個說：「拍戲麼？」

一個說：「怎麼都是臨記，一個都不認識的？」

一個說：「天橋底還有警察和警犬，拍戲都很認真唄。」

喂呀，老友，Shut up ！少說一句沒人說你是啞巴呀！

幸好他聲音不大，計程車少年又正集中精神叫喚同黨，否則，讓無聊八卦口多多的市民打草驚蛇，那才不值！

　　我 Nona 露娜和陳 Sir 躲在天橋樓梯旁，正靜候「逃犯」入甕。我知道陳 Sir 的腎上腺素上升了，我嗅到他身上的緊張荷爾蒙。其實我 Nona 又何嘗不緊張，出動衝鋒隊，一定是重要犯人，或者悍匪了。但他們，除了一個成年女人外，都是男孩女孩罷了，少年已經做悍匪？這社會一定有病！

　　天橋下面是馬路，一輛汽車正急馳而至，快速轉彎上斜路，四個「悍匪」不要命地衝過馬路，「女人」頭上紫紅色的頭髮忽然飛脫了，掉在汽車前面的擋風玻璃上，「啪」的一聲，嚇得司機一面死命地響號，一面緊急刹車，刹車的先衝後回的力度，使那個紫紅色的假髮，又「啪」的一聲，從汽車的擋風玻璃上飛出來，掛到路邊欄杆上……

　　赫，我 Nona 早就懷疑，這紋身魁梧女，男性荷爾蒙過多，根本就是個男人！

　　兩個跑到氣呼呼的 Madam 趕至路邊，被正在轉彎上斜坡卻又急刹停的汽車嚇了一跳，腳下一停，眼巴巴地看着「悍匪」走到計程車旁，一早站在路邊接應的少年手忙腳亂地推他們上車，就要關上車門……

　　在這時候，機警的計程車司機知道發生大事了，扭熄車匙，更準備開門跳車逃命。

捲入警匪惡鬥中？不要吧！司機事後對記者説。

説時遲，那時快，陳 Sir 拉着我，從橋底隱蔽處走出來，一個箭步衝向計程車，頂住車門，喝道：「警察，不要動，下車！」

糟糕！

狡猾的「逃犯」卻打開計程車的另一邊車門，想從另一邊逃跑！

「汪汪，有你沒我！兄弟，放犬索！」陳 Sir 好像聽懂犬語，立即放開犬索，我就地凌空撲跳而起，姿勢零缺點。

好默契嗎？沒有默契，怎樣做兄弟？

我後腿一蹬，縮腰拔腿，跳過車頭，還差點和要逃跑的司機撞過正着，我一邊撲身飛過計程車車頭，一邊「汪汪汪汪汪汪！」狂吠，以壯聲勢，並且用犬身頂住正在打開的車門，犬首一低，咬住伸出車門的一條腿，那條腿掙扎着要縮回去，嘿，太遲了，誰有能耐從犬齒中掙脱的？！

兩位 Madam 趕到了，衝鋒隊也掩至了……

最先下車的是在計程車旁接應的少年，跟着是少女，最後是扮女人的紋身中男。男孩垂頭喪氣，那個少女卻怒目圓睜，一臉倔強，另外兩個男孩卻逃脱了。

　　眾人正忙亂地捉拿逃犯時，我瞥見路邊欄杆上掛着一個原本在「女人」頭上的紫紅色假髮，我過去把它銜住，交給陳 Sir。只見那兩位 Madam，經過一番搏鬥，又再狂奔了百多米，顯得有點吃力了，氣喘喘的，一位長髮散了一肩，另一位髮髻半鬆，想來警和匪都一樣，走到「甩髻」。我心中暗暗發笑。我知道，氣喘散髮甩髻，Madam 很快就要回警察學校再受培訓了。她們很盡責，但畢竟有點發胖了，超重就要瘦身，髮髻姊妹的長髮也該剪一剪吧，愛留長髮，怪「師奶」的！

　　由於協助擒賊，我們被請到法院警署「落口供」，有機會了解事情的來龍去脈：

　　案件的主角，原來是那個十五歲的少女，她名叫靳晶，樣貌娟好，可惜來自複雜家庭，父親吸毒，母親走水貨，兩人情意不合，常在家中吵架，父親毒癮已深，毒發時動輒罵人、打人，甚至產生幻覺，説妻子和女兒是仇人，要來向他尋仇。少女的母親因婚姻和家庭生活不愉快，性情抑鬱，脾氣暴躁，要拚命走水貨「掙錢」，不走水貨那天，便終日在家中飲酒消愁，酩酊大醉時，又拿少女出氣，打她一頓，或者説些令人難堪的話：

「如果不是因為你，我早走了，還要在這裏，對着那個死毒鬼。」

「如果沒有你，我的人生一定好得多。」

「都是你這掃把星……」

終於，有一天，少女不堪被虐，離家出走了，據說，她失蹤那天，曾經致電母親說放學後要和朋友去卡拉 OK 唱歌。到了晚上，她又致電回家說：

「媽，我肚子痛，八達通又沒錢，我沒錢回家了。」

「啊……噢……喔……」她那醉醺醺的媽媽在電話裏語無倫次，終於，少女決定，她不要這個家了，她要一走了之。據報，她當時穿着她所就讀的屯門那間中學的校服和背着紫色書包，真的是身無一文。

她沒上學後，同學們發動了「網上尋人」大行動，但她卻好像人間蒸發了一樣。

我 Nona 露娜記得了，我的十三少 Epson 阿爽曾經告訴過我，在一次到屯門卡拉 OK 搜查行動中尋獲她，她當時身穿格仔連身校服裙，紫色書包，叫晶晶的，Epson 阿爽還告訴我她身世可憐，有一個毒爸和一個酒媽，她家庭生活不愉快，所以玩失蹤，流連 K 場，不回家，也不上學。那年，她才十四歲，應該是

「少年不識愁滋味，為賦新詞強說愁」的年華。

Epson 阿爽很同情她，還說：「如果我是她，我也不想回家！」

當時，我也同意：「有這樣的家，不如無家。」

但是，命運是怎樣搞的，讓我今天遇到靳晶，並且親自將她逮捕？

靳晶被警察在卡拉 OK 尋獲時，她正在工作，做侍應，躲在茶水部倒水沖茶，不容易被發現的，如果不是警察突擊搜查，誰會知道她的存在？

靳晶未成年，家人又不能照顧，被判由社會福利署代為看管，入住轄下的屯門兒童及青少年院，「劫法場事件」就發生在她由兩名女警陪伴到裁判法院領取「兒童保護令」期間。

話說今天中午十二時半，兩名女警帶同少女到法院兒童庭領取「兒童保護令」完畢，正準備將她送回女童院，三人乘電梯到地下大堂，步行前往停車場途中。

「把她送回女童院後，便可以收工吃飯了。」一位姊妹說。

「今午吃什……」另一位話未說完，忽然，覺得頸項劇痛，有人從後面緊箍着她的頸！另一位則被人

猛然一扯，重重跌倒地上……不知哪裏閃出兩個男孩，對女警毫不留情地拳打腳踢，就像在玩遊戲機殺敵般亢奮！一個戴眼鏡的師姐被紋身女人撲脫了眼鏡，扯脫了警察證；另一個腦後紮了髮髻的師姐則被另一個悍男孩抓住髮髻向上扯，痛得她哇哇大叫，髮髻被扯鬆了，長髮披了一肩……

身為女警，飽經訓練，怎會輕易就範，捉着少女的手就是不放！歹徒也非等閒之輩，拚命搶人。

就在各人打作一團時，又突然閃出一個少年來，用掌劈開女警的手，拉着少女狂奔，其他人看見少女已經走脫，也不再和女警糾纏，立即拔足逃走。

驚魂甫定的女警，也不理會敵眾我寡的危險，勇猛地從後追趕。

「還想逃！」一位師姐撲上去，想捉住「紋身女人」。

可是撲了個空，自己跌了一跤，眼睜睜看着一干人等，走下法院梯級，走出大路了。

在法院大樓梯級下，一夥人會合，一起奔向計程車站。

劫匪本來計劃周詳，首先由「紋身男」喬裝女人，混進法院停車場伺伏，兩男孩早在場內等候「龜車」

（即押解犯人的警車）；待「犯人」下車，「龜車」離開，即襲擊女警，劫走少女；然後衝出現場，跳上計程車，揚長而去……可是，他們萬萬想不到的是，女警頑強抵抗，衝鋒隊神速趕到；還有，出乎他們意料之外的是計程車司機那麼機警，不但不合作，還熄匙停車；更令他們想不到的是，有我警犬 Nona 和兄弟伺伏，等候他們出現，一網成擒！

他們根本沒可能逃脫！

接着來的情節，就是前面我所説的遇上劫法場一干人，然後加入逮捕的經過了。

「少女只是離家出走，又沒犯罪，為什麼要襲警逃走？她的朋友又為什麼要劫法場？」當我回警犬訓練學校，將故事告訴一眾小犬時，十三少 Epson 阿爽問道，阿爽曾經協助逮捕少女，當然最關心她。

這就是事情奇怪之處。

在警署中落口供時，計程車旁接應的少年説，他們和少女是朋友，大家都是離家少年，常玩在一起，常互訴心事，他們不想少女被困女童院，要救她出生天。他們都是沒家的少年，要互相照顧，知道少女今天會離開女童院到法院報到，所以便想出「劫法場」的計劃。

　　少女説她不知道朋友們「劫法場」的行動，她不是合謀者。

　　「他們是你的什麼人？」警長問。

　　「兄弟。」少女答。

　　「什麼樣的兄弟？逐個講。先説陳東，你和他有什麼關係？」警長問。

　　「什麼陳東？誰是陳東？」少女説。

　　警長把她帶到單面反光玻璃鏡前，指着紋身男説：「他」。

　　「他不是陳東，他是我契爺，他和我同姓，叫靳耀。」少女斬釘截鐵説。

　　「他的身分證上的名字是陳東，你被騙了？」警長試探地説。

　　「沒可能，契爺疼我，給我住給我吃，不會騙我。你們説謊！」少女激動地説。

　　她説真的？還是做戲？

　　「楊南呢？他又是你的什麼人？你們有什麼關係？」警長問。楊南是少年中年紀最大的那個，協助陳東在法院停車場襲警。

　　「他是我的契大哥，我們是一家人。」少女説。

　　「那兩個在逃的呢，他們又是你的什麼人？和你

有什麼關係？」警長再問。

「在逃？什麼在逃？我不知道你在說什麼？」少女才十五歲，卻老練機警，不得小覷。

在另一個房間裏，另兩位警長正在審問在計程車站接應的年輕人，他叫楊南。

「劫法場？你們從哪裏學來的？」警長問楊南道。

「電視劇和連環圖。」他回答說。

What！竟然是看電視劇和連環圖學劫法場？！

兄弟們聽後，心中暗笑：這班少年，看了幾本連環圖，便照樣學樣，斗膽劫法場？！

「你今年幾歲？」警長問。

「十七。」楊南答道。

兄弟紛紛搖頭歎息：「十七！明年便有投票權哩！掌握香港前途的人，就是他這種人？」

「陳東是你的什麼人？」警長問。

「兄弟。」

「兄弟？你姓楊，他姓陳，什麼兄弟？幫會是嗎？」警長問。

「什麼幫會？阿 Sir，你不要『屈』我，我們是一家人，陳東是我契哥。」

「那兩個在逃的呢，他們又是你的什麼人？和你有什麼關係？」警長再問。

「在逃？什麼在逃？我不知道你在說什麼？」楊南一樣老練機警，看來，警方要另想辦法，才逮得住逃脫的另外兩名「疑犯」了。

兩個 Madam 手腳受傷，被送去醫院，敷了藥也沒什麼大礙，只是髮髻被扯鬆的那一位，頭皮被扯脫了好幾處，被勸喻剪短頭髮，否則，下次匪徒又專攻弱點，可不是好玩的。

以前做女警，一定不可以留長頭髮的，到底從哪個年代開始，警隊放寬限制？使師姐身陷險境？到底做警察，是「人權」、「自由」重要，還是安全重要呢？

事後，陳 Sir 摟着我問道：「Nona，了不起，你是怎樣知道疑犯正向這邊來的？」

「汪汪，陳 Sir，立了大功，升級有望了！」我笑說。

誰知道，故事還有下文……

少女入住女童院，本非犯法，只為父母失責，社會對她負起照顧責任，劫法場事件後，靳晶反而要被以「從合法羈押逃脫」罪名被捕和起訴，還押女童院，

23

等候審判。想不到的是，在候判期間，她竟然和另一名十三歲叫蕭珠的女院童雙雙合演一齣情緒激動，企圖吞下湯匙的鬧劇，結果弄致食道破損受傷，被送去屯門醫院治理，被勒令留院觀察，由於她倆有多次失蹤紀錄，女童院方面特地安排職員通宵在醫院病房看守，怎知道她倆卻有本事在凌晨二時左右，神不知鬼不覺地在病房避過留守職員，溜出醫院，不知所蹤。

　　從院方閉路電視看到，有兩個穿着風褸笠着帽的少年接應她們的。

　　飛越女童院，便是劫法場的下一集。

第二章　男孩危機

　　做警犬，當然要做惡懲奸，逮捕罪犯正法，但我Nona露娜最痛心的是要奉命對付少年。想想，少男少女，青春活潑，精力充沛，風華正茂，風采引人，正所謂大好人生，要捉拿他們歸案，我又於心何忍？更何況我Nona露娜是十四頭小犬的媽媽，我的小犬如果犯了罪要坐牢，我一定傷心得寢食難安。

　　但是今天，我Nona露娜和兄弟陳Sir，卻不幸地又逮捕了兩個小男生，一個才十三歲，另一個十四歲。

　　事發當日，我Nona露娜和拍檔陳Sir，奉命到上水巡邏。新界上水，早已從昔日的山青水秀，阡陌縱橫，雞鴨滿欄，耕牛成羣，變成了新市鎮，高樓迭起，街道縱橫，商場棋布，人流不絕，原來的舊區，萎縮在橫街窄巷中，掙扎求存。上水，由於接近羅湖邊境，一向是走私客的天堂，是人所共知的私貨區、水貨集散地。走私客水貨客利益當前，自謂「膽正命平」，為錢行險，拼命搏殺，在所不惜。要對付他們，一定要警隊和海關合作，調動大批人馬，精心策劃，如行

軍，如作戰，去掃蕩，去拘捕，絕不能只靠一警一犬，所以我們也不會貿貿然踏進那烏煙瘴氣的火車站和鄰近的水貨集散區。

我們接到消息，上水出現兩個小色魔，色膽包天，專愛襲擊女生，上水警方想捉拿他們歸案，可惜受害人不敢挺身而出，小魔頭又十分狡猾，屢次逃脫。上水警署甚至在色魔出沒的天平邨張貼告示，呼籲受害人與警署聯絡及舉報。今天，我 Nona 露娜和拍檔兄弟陳 Sir 奉命到上水行 beat 的任務，就是看看情況，希望有所發現。

洛威拿警犬大叔 Tyson 泰臣知道我被派去上水走私區，不做拘捕只做跟蹤監視，禁不住嘲笑我說：「無膽匪類，無膽匪類，收工啦，收工啦。」我不回應不理睬，跟這種心胸狹窄求愛不遂懷恨在心的傢伙生氣糾纏，可謂自尋煩惱，跟自己過不去，不值得。*

這一天，冬日寒風肆虐，北大人指使北風，使勁地吹颳，揚起街上塵土，嗆得我頻打噴嚏，讓我領教到上水新市鎮的骯髒污染，跟銅鑼灣鬧市不遑多讓。

「汪汪，天平邨的天風呀，可以高抬貴手停下來

---

*有關洛威拿警犬大叔 Tyson 泰臣追求 Nona 露娜的愛情故事，請看《特警部隊 1．走進人間道》。

嗎？隆冬加北風，想吹死犬麼？！」

「汪汪！」我忍不住對天狂吠。

突然，犬索一緊，我才醒悟：「糟糕，我犯規了，我不該失控狂吠的。陳 Sir 忠仔，對不起囉。」

但陳 Sir 卻原來並沒有責怪我的意思，反而迅速地將我拉到街角躲起來，説：

「Nona，了不起，你是怎樣知道疑犯正向這邊來了？」

吓，我知道？我哪裏知道？你説什麼？

看，那邊廂，正來了雙雙騎着單車，鬼鬼祟祟，蛇頭鼠眼，卻又兩眼發光似的兩個傢伙，他們正對着前面穿着校服裙的女學生虎視眈眈，像發現獵物似的，只見他們忽然把單車加速，一左一右的，衝着那個校服裙女生，包抄踩上去。

明白了，陳 Sir 是發覺了他倆色迷迷的猥瑣相，懷疑他倆就是警方檔案中赫赫大名的「上水單車少年色魔」。

陳 Sir 拉着我 Nona 露娜向前衝，想保護女生，阻止罪案發生，可惜，太遲了，那兩個單車小色魔，已經成功地左右靠近，「嗖」的一聲，掀起女學生的校服裙，還用力地撫摸了她臀部一把，然後，將校服裙

一扯，像要將人家的裙子脫下似的，最後歡嘯着、吹着口哨踩着單車揚長離去，留下女生被嚇得「哇哇哇」的哭叫……

我 Nona 發足狂奔，拉着陳 Sir 在後面跑……我們要擒住單車小色魔，要他們法網難逃！

説真的，犬腿絕不會跑輸給單車的，人腿嘛？難説了……

陳 Sir 拉着犬索，越跑越慢，我死命的在前面扯，離那兩個傢伙越走越遠了，陳 Sir 知道追不上了，氣得直跺腳，回頭要向被非禮的女生問話，帶她回警署「落口供」，只見落葉蕭蕭，街道寂寂，單車非禮黨溜走了，受害人也消失了。留下陳 Sir 氣得頓足，幸好，我掌握到單車非禮黨的氣味，我遁着氣味之路嗅索，將他們的氣味存入記憶庫。

工作了一整天，空手而回……我 Nona 露娜和陳 Sir 垂頭喪氣地在街上踱步，前面的太陽落山了，西斜的光線在我們身後拉上長長的影子……

你們要知道，這不是立功不立功，面子不面子的問題，是兩個小色魔頭走脫了，以後犯案的膽子便更大了，手法便更「離奇」了，受害人便將更多了，受傷害程度也會更深了……作為執法者，我們不忿讓犯

罪者逍遙法外！我們擔心的是，市民大眾受到傷害！

陳 Sir 喃喃道：「幸好我們出現得早，不然那小女生的裙子準被扯脫，心理傷害更大。」

已經八個月了，上水單車非禮黨神出鬼沒，犯下風化案不計其數，肯報案的只有七宗，更多的是忍辱吞聲，不敢張揚的隱形受害者呢？！

期間，我 Nona 露娜和陳 Sir 被派到上水巡邏三次，我在氣味庫已留下兩小色魔的氣味，只要我再遇上他們，我一定嗅得出來！

今天，陳 Sir 又帶着我 Nona 露娜到上水警署報到，據說在上星期，有兩名少女在家長陪同下，先後到警署報案，投訴被兩個少年色魔非禮，據說，他們對「獵物」所做的，比我們上次看到的「掀裙」、「扯裙」、「摸臀」嚴重百倍！至於他們做過什麼，恕我不能在這裏敍述了，對這些禽獸行為的描述，不能在少年讀物中出現，否則產生荼毒效應，引導少年幻想，而且想去模仿的話，那麼，我 Nona 露娜豈不變成色情案件的推動者、色魔訓練師？

根據受害人報案所述，單車非禮黨是少年人，才十三、四歲左右，長得五官端正，甚至俊朗，絕對想不到他們是「色魔」！

唉，這就是什麼「好眉好貌生沙蝨」、什麼「知人知面不知心」啊！

據署中兄弟說，其中一位媽媽，漲紅了臉，激動得破口大罵：

「……」

她潑婦罵街，理智盡失，我 Nona 露娜也懶得將她的說話盡錄。

這位做媽媽的，自己不教好女兒，容許女兒將校服裙在腰間上摺到膝上四吋，很危險的呀！汪汪！

警察兄弟為人公僕，早被教導不要和市民「硬撐」、「抬槓」，他們啞忍，不想被投訴，我 Nona 露娜可忍受不了這種只看到別人錯，不知自己劣的人，我一定要說句公道話：「汪汪！」

「哈哈，你們看，連 Nona 都說這是廢話。」署中兄弟都笑起來，大家心中的悶氣也舒緩了不少。

天網恢恢，總是疏而不漏的。

這一天，我 Nona 露娜和陳 Sir 在天平邨一帶巡邏，忽然聽到後巷處有一把微弱的聲音在哀求：「求求你們放過我吧……」

「可以啊，只要你就範，讓大爺我們高興便成……」

犬鼻一索，全身犬毛豎起，拉着陳 Sir，放輕腳步，向後巷前進⋯⋯

天平邨人來人往，但那條後巷，卻十分僻靜，單身女子為什麼有大路不走，偏要走僻靜後巷呢？

姑且不理疑點，我引領着陳 Sir 直趨後巷，我知道，這幾個月來，我念念不忘的氣味，就在那裏引誘着我。

一拐彎，果然看到兩輛幻彩單車，小賊正用刀威嚇着一個穿校服女生⋯⋯

小色魔果然機靈，一看見我 Nona 露娜和陳 Sir，馬上丟下小刀，丟下女生，騎上單車，就要逃跑⋯⋯

我大聲吠吠：「汪汪，小魔頭，不要走！」

陳 Sir 拉着我，拚命追趕，但他兩腿難勝四腿，後勁不繼，眼看兩輛單車越飆越遠了，幸好他人急智生，鬆開手上犬索，下令道：「Nona，HOLD HIM ！」

好哇！讓我 Nona 露娜衝鋒，這才好玩！

我立即四腿飛奔，狂追那兩個輪子，還要乘以 2（兩輛），在離他們十呎左右時，我後腿一蹬，聳身上撲，凌空飛向前，從側面撞向其中一輛單車⋯⋯心中不禁讚自己一句：「漂亮！」

「砰」的一聲，我首先撲倒外面那一輛單車，它

向內翻側，撞向並駕齊驅的另一輛，後巷路窄，「砰砰」兩聲，兩輛單車齊齊倒下，在地上扣作一起，「咔嚓咔嚓……嘎喳嘎喳」一路擦着地面，向前滑行……兩個乘車者，一個橫倒在單車上，一隻腳被壓在兩輛單車之間，褲管被擦破了，小腿和腳跟擦損了，正「呱呱」大叫地喊痛，雙手亂掃亂拍，要將我推開，我踩在他身上，像踩滑板般迎着冬日，迎着北風前溜，吠叫：「汪汪，爽，真爽！」

另外一個小魔頭，在兩車碰撞時身手敏捷地跳了車，摔了一跤，正狼狼地掙扎着要從地上爬起來逃走，我 Nona 露娜怎肯讓他逃脫，一個飛身，又撲過來咬住他的手臂，將他曳倒，痛得他「呱呱」大叫「死狗，走開！」，他這一句「死狗」，換來我再用力一扭，將他身體扭個一百幾十度轉，面向地趴着，動彈不得！

就在這個時候，陳 Sir 也氣呼呼趕到了，二話不說，「咔嚓」，「咔嚓」，送他們手扣，一人一個。

看他倆，一個陽光氣息，兩個酒窩笑起來稚氣未除；一個五官端正，唇紅齒白，書生模樣，他們倆，橫看豎看，哪點像色魔？

支援隊伍迅速趕到，看到被捕「疑犯」的童稚秀

氣，也覺得十分可惜。

更可惜的是，受害女生已經離開案發現場，沒人指證下，兩「色魔疑犯」不停大叫：「冤枉」，還說「警察捉錯人」。哼，這兩個傢伙不知道，他倆的色情荷爾蒙出賣了他們，我警犬 Nona 露娜絕不會搞錯他們的氣味和犯罪心理的。

當然，他們最後仍然被連人帶車，押往警署。

只是，即使拘捕了兩「色魔疑犯」歸案，如果沒有受害人作證，在四十八小時內不能提出起訴，警察最後仍然是要無可奈何地放走他們的。

即日，就在天平邨地下通告板上，上水警署貼上大字樣的告示：

警方呼籲

近月，天平邨屋邨發生多宗非禮案件，就事件中，上水警署已成功拘捕兩名涉嫌男子，現呼籲邨內曾向警方報案之當事人，儘快到上水警署，跟進事件。

O 記
上水警署

被拘捕的兩「色魔疑犯」被分別問話，以免他們串通，或者互相鼓勵，甚至抵賴。

陽光男孩名叫吳正，書生男孩名叫沈倫，他們是同班同學，就讀上水某中學，至於是哪一所，恕不便透露了，以免好奇心大又愛管閒事的讀者跑去認人。

他們分別住在上水的彩園邨和天平邨，來自小康家庭，衣食無憂，摯愛是單車，他們把自己那輛有「齒輪傳動裝置」的單車裝飾得美侖美奐，在漆黑的車身上貼上螢光貼紙，車頭前更塗上閃電紋彩，他們平日踩單車上學放學，練得一手超凡單車術，能只用兩腳控制單車，騰出兩手去做這做那，包括非禮。

他們的家長匆匆趕來了，吳正那個爸爸，一見面便賞他一巴掌，氣得滿臉通紅，罵道：「你個『衰仔』，有什麼不好學，竟然去非禮女人！」

吳正媽媽心痛，護子情切，攔在丈夫和兒子中間，對丈夫說：「我老早叫你不要買那些生果報啦，天天豔照色情，小孩子血氣方剛，如何受得了？」

愛子情切的吳正媽媽轉過頭來，為兒子求情道：

「阿 Sir，你知啦，現在的孩子最愛上網，玩面書和瀏覽網站，那些壞資訊每天排山倒海而來，叫小孩子如何受得了？都是社會的錯！孩子沒錯！」

　　陳 Sir 問兩名「疑犯」道：「學校教你們上網做功課，沒教你們看色情網頁，然後去非禮吧？」

　　「不，很容易看到的。」陽光男孩吳正吃了一巴掌，仍然能夠笑着臉，露出兩個酒窩，一臉殺死人的稚氣說。究竟是他夠陽光，面對任何逆境皆處之泰然，還是厚顏無恥到不知道自己犯錯的地步？我 Nona 露娜實在擔心，他的父母到底看不看得出陽光下的危機？

　　那個書生男孩沈倫的教師父母也趕到了，兩人一身黑衣，從「反什麼」示威現場趕來，一看到沈倫，做爸爸的便怒罵道：

　　「我們為教育付出那麼多，你卻竟然這樣不爭氣……」

　　做媽媽的也忿忿不平地說：「教了人家的孩子，上天卻給我們這個逆子來討債！」

　　書生男孩沈倫低下頭，不發一言，在他的腦海中，浮現了一個景象：

　　那一年，他六歲，升一年級，學校說要用電腦做功課，做教師的爸爸便教他用電腦，還教他上網找資料，爸爸說：做人要有好奇心，什麼都不怕知，將來才有出息，爸爸並沒有告訴他「好奇心」的界線，媽

媽也只是鼓勵他「努力讀書，不要丟做教師的爸媽的臉」……

「你才十三歲，正是少年不識愁滋味的歲月，怎的斗膽去幹非禮的勾當？什麼時候覺得有這種興趣？」陳 Sir 問沈倫道。

「那一年，我十歲，在學校的課外閱讀課上選了兒童文學作家孫慧玲寫的《特警部隊 1. 走進人間道》……」聽到這裏，我 Nona 露娜緊張了，不禁叫道：

「汪汪，那是寫我 Nona 成長的故事，汪汪，我……」

我的吠叫，吸引了所有人的注目，陳 Sir 當然明白我的心意，輕輕撫摸我的耳背，叫我冷靜。

「為了寫好《走進人間道》的閱讀報告，我嘗試上網搜尋有關香港警犬的資料，沒想到網上出現了一些選擇式查詢字句，問我：你成年未？

「我覺得很好奇，接着，它又指示：成年，按此。

「我當然按成年那處，結果……」

「結果看到許多不該看的東西，是嗎？」沈倫爸爸冷冷問道。

「我不知道那些東西該不該看，只是覺得很新奇，而且學校也有性教育科，媽媽的教材中也有類似

的照片……」

「我們努力工作，筋疲力竭，還不是為了你？你太令我們失望了！」沈倫媽媽生氣地説。

就在這個時候，有個媽媽帶着女兒來報案。

「就是她！」那個在光天化日下被掀裙的女生，她的氣味在我Nona露娜的記憶庫中。

Oh！My God！小女生穿着低胸背心超短裙，十分新潮，即便是大膽開放，但她的衣着語言，分明置自己於險境！

證人來了，兩個小男孩還可以逍遙法外？

小色魔家長苦苦哀求受害人家長：

「你們也有兒女，你們應該明白做父母的心情，請放過我的兒子吧……」

「説得對，你們也有兒女，你們應該明白做父母的心情，請你的兒子放過邨中的女孩子吧……」

「是，是，你説得對，我會回家好好教訓他……」

所謂「小時偷針，大時偷金」，今次放過他們，誰可保證他們不再犯錯？但不給他們機會，他們又怎可以變回好人？你們説説，該怎麼辦？

只是，警方經過審問和調查，發現吳正和沈倫他們兩人，竟然跟上水區七宗非禮案有關！！！

短短半年，屢次犯案，你們説可以放過他們麼？

結果，他們可以保釋外出，等候排期上法庭審訊。

當他們落網的消息傳出來後，有一名據説姓陳的上水女街坊，致電267534XX，向警方透露區內有一大一小兩批單車童黨，大的一批約十六、七歲，小的一批約十二至十四歲，專在黃昏出沒，騷擾放學的學生和少女，非禮手法比掀裙厲害百倍……

果真如此，情況可真令人擔憂。

由於我Nona露娜和陳Sir曾經在上水勇擒小色魔，我的嗅覺記憶庫留下他們和一些受害人的氣味，所以在一個月後的有一天，我們又再奉召到上水，參與網吧掃蕩行動。

網吧是潮男潮女喜歡流連的地方，龍蛇混雜，警方不敢掉以輕心，所以同時調動我的十三少Epson阿爽和他的兄弟球Sir加入。

兩隊人犬，兵分兩路，前後門包抄。

就在一間網吧樓下，我們便發現吳正和沈倫兩個小色魔的奇特幻彩單車！

網吧燈光黝暗，警方一到，第一件事是命令職員把燈開着，網吧內盡是少男少女，知道警察來到，驚惶失措，亂作一團，紛紛想覓路逃走。我分明在樓下

看到吳正和沈倫兩個小子的幻彩單車，怎的上到來卻不見他倆影蹤？

犬鼻高仰，空氣中搜索，唔，二人氣味濃烈，一定還在！

我拽着陳 Sir，一路嗅聞，哈！你們不會想到，他們竟然有能耐，壓縮自己的身體，躲到梳化下面！瞞騙了所有警察，卻逃不過我的犬鼻。

「到網吧，是因為網友的邀請，來見識一下，來玩一下吧，有罪嗎？」他們說。

他們被送去警署，供出網友約他們上網吧玩，還可以援交掙錢，買靚衫、靚袋和新單車。

他們的爸媽匆匆趕來，做媽媽的哭紅了眼睛。

畢竟，孩子正在保釋候審，現在又爆出援交掙錢的醜事，多麼羞家！尤其是沈倫爸媽，身為教師，「這孩子，簡直是丟了祖宗十八代的臉！」沈倫爸爸，氣得滿臉通紅握拳頓足說。

今天剛好是沈倫的生日，家長讓他和朋友出去玩，卻玩出大禍來。

沈倫說：「我的生日願望是賺錢買大屋送給家人，讓爸媽不用這麼辛苦，他倆教書教得要捱更抵夜，我不忍心。」沈倫說來誠懇，做爸爸的手掌停在半空，

做媽媽的頻抹眼淚，做了媽媽的 Madam 都別過臉去。

吳正說：「我渴望安全感，援交儲錢令我有更多安全感，有什麼不對？」

唉，孩子，這個社會到底出了什麼問題？

最後他們被判入兒童院，接受感化，對他們來說，是禍呢？還是福呢？

第三章　你忘記了我們嗎？

六十多歲，已過退休年齡，應該安享兒孫福吧？可是，張伯他卻仍要為生活操勞，當他的夜班司機，凌晨時分仍然駕着租來的計程車在路上奔馳，希望接載到乘客，掙一點錢，接濟家中失業的成年兒子草食男。

這一天凌晨三時許，他駕駛着那輛綠色車身的新界計程車，在屯門龍門路龍門居對外，接載三名少年，報稱要往大欖涌燒烤場，張伯也算機警，問他們道：

「這麼夜深，你們要去大欖涌做什麼呀？」

三個少年樣子俊俏清純，大約十來歲吧，其中一個看似大丁點的説：「約了朋友，星光下燒烤呀，阿伯你也來吖。」

少年的純真樣子和熱情邀請，頓使張伯放下戒心。

一路上，三個少年打諢説笑，盡是有關大欖涌的鬼故事，什麼招手美女、長髮飄魂、電單車摟腰⋯⋯聽得張伯毛骨悚然，當然，最恐怖的可算是「計程車倒後鏡」的那一則了，使張伯好生擔心：到底後座那

三個俊少年是人是鬼？

好不容易支撐到大欖涌村，張伯這才鬆了一口氣，開了車廂燈，看着收費咪錶，說：

「承惠車費……」

張伯還未說完，卻聽到那個年長一點的對另外兩個少年說：

「糟糕，我忘記帶錢包，你們有沒有錢？」

「我當然沒錢。」

「我也沒有。」

原本坐在後座的年長少年忽然下車，坐到前座司機位旁，對張伯說「這樣吧，阿伯，待我打電話叫燒烤場的 friend 來付錢吧。」另外一個少年也下了車，站在司機位旁，留在後座的一個俯身向前，形成三角包圍之勢。

張伯年紀雖大，但做慣夜更計程車司機，見過各式人物，知道大事不妙，社會變了，少年出劫匪！

前座少年亮出小刀，指着張伯喝着：「打劫！」

張伯人老，但頭腦還靈活，反應敏捷，回答說：「我的錢包在車尾箱。」

張伯誘得車旁少年讓他打開車門，腳一着地，張伯拚力一推車門，乘勢推開車旁少年，隨即拔足逃走。

三個少年哪肯罷休？當然窮追不捨。

你們說，六十多歲的張伯和十多歲的少年追逐，比速度力度，誰勝誰負？

三個少年，如三頭餓狼，直撲張伯。混亂中，張伯被推倒地上，手臂皮肉被擦去一大片，鮮血涔涔滴下⋯⋯

「死老鬼，還想走？！」少年劫匪舉拳，一拳打在張伯胸上，痛得老人家全身蜷曲，哇哇大叫。

一個少年幫兇不忍心，為張伯求情道：

「算吧，歐哥，他這麼老，死了，我們豈不成了殺人兇手？」

「來，打電話給家人，取錢來贖身，不然，叫他們不要後悔⋯⋯」那個叫歐哥的少年發號施令，儼如黑幫頭目，其餘兩人就是他收了的兩隻「馬」。

「我⋯⋯我沒有家人⋯⋯求求你們放過我⋯⋯我這麼老了⋯⋯」張伯嗚咽道。

「你沒家人？拿手機來。」歐哥向張伯喝道。

張伯心中一凜，怕他威脅家人，只好答應，乖乖用手機通知家人取贖金來。

「來，威仔，將他鎖在車內。」張伯愴惶逃命，來不及拔出車匙，現在慘被禁錮車內。

「老鬼，你忘記了我們嗎，不認得我們嗎？幾個月前，屯門法院，我們登上了你的車。你竟然不合作，不肯開車，累得我的兄弟被捉去……我們等了許久，哼，終於在今晚遇到你……」歐哥站在車外說。

赫，聽着故事，我 Nona 露娜「騰」地站了起來，「劫法場」的同黨！

警犬老爸坐在我 Nona 露娜身旁，輕撫我坐下，「故事未完呢」，他說。

警犬老爸不知道，我 Nona 露娜聯想到的案中案。

「小朋友……」張伯話未說完……

「老鬼，不要叫我們小朋友！」那個叫歐哥的少年喝道。

「是，是，大佬……」

「我們不是大佬，大佬應該是成年人，我們另外有大佬……」一個少年說，說時還一臉清純。

「小 D，不要亂說！」歐哥大聲喝道，嚇得小 D 伸舌聳肩，看來，他是剛誤入歧途吧。

終於弄清楚了，三個少年，最大的那個叫歐哥，其餘兩個叫威仔和小 D。

「老鬼，你真的不認得我們嗎？」歐哥揪着張伯的外衣，好像要施以老拳似的。

　　張伯嚇得連忙解釋道：「不，不，你們搞錯了，我是夜更司機，什麼屯門法院拒載，我不知道……」

　　三個少年怔住了，你眼望我眼。

　　「歐哥，看來我們認錯人了。」阿威說。

　　「是呀，小 D 我也覺得那天那個司機好像沒那麼老，那麼矮……」

　　「老鬼，好，就算我們搞錯，你也不能讓我們空手回去吧？」歐哥轉動手指，作狀要錢說。

　　「是，是兄弟，這些錢，是我今天掙到的，你們拿去吧。」張伯哆嗦地遞上錢包，才共三百元，連同錢幣盒中的硬幣，也不過四百元。

　　「哼，老鬼，生活艱難喎，不如去賣粉吧。」歐哥說。

　　「兄弟，害人的事不可以做的，我最痛心少年走上歪道。」張伯說。張伯有一個十歲的外孫，在平日，他也老是對人說自己對少年們，有一份好感，一份寄望。

　　「人在做，天在看，你們也千萬別去做……」

　　「哼，老鬼，對你好點，你便講耶穌，信不信我們『揪』你……」

　　「他家人會不會報警呢？」其中一個少年問歐哥

道。

　　三人低聲説了一會，好像心怯了，推了張伯下車，搶了他的手機和車匙，那個叫歐哥的少年跳上司機座，「噔噔噔噔」駕駛着那部綠色計程車，朝市區方向逃走了。

　　許多人都不知道，凡計程車司機，都有幾部手機，藏在車內各處，遇到危險，即使被搶去錢包和手機，甚至被鎖在車尾箱，也有機會報案。只是，現在車也被搶了，張伯身上，沒有錢也沒有電話，沒辦法致電999報案中心和通知家人，張伯一個人站在茫茫黝暗中，真不知如何是好。

　　好一會兒，張伯驚魂甫定，審度形勢，決定徒步向着燈光走去，他估計，那處應該是大欖涌村，到了那裏，或許可以借到電話，聯絡家人。他想看看受傷的手臂，可是天色實在太黑了，他什麼也看不到，只是憑感覺，覺得傷口已經停止流血了……

　　「幸好傷口不深。佛祖保佑，觀世音菩薩保佑……」張伯喃喃道。月黑風高，風聲呼嘯，四野無人，張伯難免想起一路上少年説的鬼故事，頓時內心顫抖，只好自言自語壯壯膽……

　　張伯是貧下階層，所謂手停口停，家中哪有錢為

張伯贖身，而且，家人相信警方，覺得不能讓匪徒得逞，當然報了警。警方按照張伯家人提供的線索，迅速到達案發現場。

四處黝暗，要搜尋逃犯並不容易。首批到達案發現場的警隊發現，現場泥地一塊，四處是叢林野草，只有一條小路通往海灘，夜深了，連路燈也沒有。人不見了，車也不見了，黝黑之中，如何繼續追查下去，實在是一個大問題。

警隊擔心匪徒心狠手辣，向張伯下毒手，然後棄屍荒郊。

不敢怠慢，警長立即下令拉開人鏈，六人小隊一字排開，從馬路開始展開地氈式搜索。

「報告，發現少許血跡，不見人蹤！」

時間越長，對人質自然更不利。

警長只好向警署要求警犬增援。

早該如此！

黑夜中犬鼻當然比人眼更有用。

說到黑夜搜捕匪徒，誰最有本事？最赫赫有名？

誰個是黑色魅影，黑夜中無聲無色，神出鬼沒？

誰個是魔鬼兵團，使匪徒嚇得全身顫抖，哭叫求饒，尿撒當場？

　　有看過《特警部隊 1 · 走進人間道》的讀者一定知道。

　　對，就是那頭對任何犬都嫉妒不滿、說話永遠疊句、滿口諷刺挑剔謾罵的警犬大叔 Tyson 泰臣！*

　　Tyson 泰臣大叔和他的兄弟姚 Sir 應 call 出現了。

　　真難為了他，年紀大了，快要退役了，又本來好夢正酣，卻要來到荒山野嶺吃西北風。

　　不過，山野中搜尋逃犯，可是 Tyson 泰臣的看家本領，當年他在赤柱黑夜中搜捕草叢匪匪嚇得匪徒「瀨尿」的英雄故事，仍在警隊中流傳，兄弟們津津樂道。只是我們警犬，看不過他的不可一世，故意不提他的「英雄事跡」。

　　Tyson 泰臣，果然不失當年勇，一下車，便翕動鼻翼，全身肌肉繃緊，毛髮豎立，尾巴豎起，哼哼地噴着鼻息，努力壓抑興奮之情。

　　「唏唏，Tyson，別過早興奮，你還不知道要找什麼呢！」姚 Sir 說的也是，他們奉命趕到，甫下車，還不知道要搜尋什麼，Tyson 泰臣沒理由這麼興奮的。

*有關洛威拿警犬 Tyson 泰臣魔鬼魅影，黑夜擒賊，嚇得賊人撒尿的故事，請看《特警部隊 1 · 走進人間道》。

　　「這小子，沒建功久了，又感受到後浪推前浪的壓力，急於表現。」姚 Sir 口中沒說，心裏卻有這樣的猜測，其實也不為過，對於姚 Sir，他何嘗不想自己的犬勇破奇案，建功立業，這樣，對作為領犬員兄弟，也與有榮焉。論功行賞，少不了哦。

　　「有什麼物品讓 Tyson 先行聞嗅目標氣味嗎？」姚 Sir 正要開口問當值警長，Tyson 泰臣已經扯着犬索強拉姚 Sir 前行，還一邊狂吠示警。

　　「汪汪，汪汪，有發現，有發現。」

　　姚 Sir，你也不必多問了，如果有目標氣味，警長還不第一時間下指示姚 Sir 帶領 Tyson 泰臣嗅索嗎？

　　果然，警長回答姚 Sir 說：「我們什麼也沒有，正聯絡張伯家人要張伯一件帶氣味的衣物，還未取得到。」

　　說時，只見 Tyson 泰臣一時俯首將鼻貼在地上聞嗅，一時犬頭高迎，索嗅隨風飄來的氣息，牽扯着姚 Sir 前進。姚 Sir 做了這許多年領犬員，當然知道生物的皮膚細胞、汗水和分泌所形成的隱形氣體，會隨着空氣流動，形成一條氣味路徑，警犬便是沿着氣味軌跡，搜尋獵物。

　　與其呆等，姚 Sir 決定隨着 Tyson 泰臣的帶領前

進，一人一犬，逐步前行。

忽然，Tyson泰臣停止腳步，在一處泥地上不斷團團轉，打圈嗅索，姚Sir電筒一照，赫然發現血跡！

接着，Tyson泰臣扯着姚Sir走向山邊，姚Sir心中一凜，山邊亂草叢生，正是殺人棄屍藏屍最佳處！

「糟糕！」姚Sir無法按捺緊張擔憂的心情，生怕又一條寶貴生命被害了，又一個大好家庭破碎了……

這時，警長傳來消息：「伙記注意，伙記在元朗八鄉發現目標綠色計程車，在路上橫衝直撞，衝鋒隊正在追捕。」

話分兩頭，八鄉錦上路上，一部綠色計程車，正在風馳電掣，遇車過車，左穿右插，不斷切線，不斷加速，在向着屯門公路方向高速狂飆，如舞龍般亢奮，路上巡警發現車上三個年輕司機和乘客，身體隨車左搖右晃，由於車速太猛，他們連頭髮也向後飄豎。

「毒駕？」

「醉駕？」

這是兄弟的初步猜測。的確，只有吃了興奮劑、吸過毒，或飲醉了酒的駕駛者，才會這樣像舞龍般駕車。

　　這時，總部傳來了目標計程車的 GPS 衞星定位，協助前線兄弟在目標計程車必經的前路上設立路障，靜候「綠車車神」，神經的神，駕到。

　　「來了！」兄弟機警地在路中豎立紙板警察，示意高速前來的綠色計程車停車，他們必須打醒十二分精神，提防「綠車車神」狂打人肉保齡！

　　果然，目標計程車不聽指示停車，更再加速橫掃路障，撞倒紙板警察，兄弟瞥見車上乘客興奮拍手，如此瘋狂，兄弟更加肯定了：他們不是吸食過毒品就是喝醉了酒。

　　兄弟急忙衝上警車，響起警號，唧尾狂追，在公路上展開與賊車的亡命追逐。

　　警方同時召來衝鋒車增援。就在進入高速公路交匯處靜候目標計程車。

　　瘋狂賊車飆至公路交匯處，忽然來一招緊急調頭，逆線衝向後面警車！

　　幸好現在是深夜，公路上車輛不算多，如果在白天，車來車往，後果不堪設想。

　　眼見賊車迎頭衝過來，警車司機兄弟為免慘劇發生，只好緊急扭轉避開，結果是，連人帶車撞向路旁石墩，車頭盡毀，幸好剎掣得及，沒嚴重傷亡，卻眼

睜睜看着「綠車車神」呼嘯逃逸！真是氣煞！

此時，另一部衝鋒車已經加入追逐，想不到的是，過了迴旋處不遠，賊車忽然發出連聲「嘎嘎嘎」，遽然在路中停下，衝鋒車衝前，兄弟紛紛跳下來，頭盔盾牌全副武裝，嚴陣以待，對待「瘋狂人物」，就要用最高級別手段。

警長走上前去，車門車窗是鎖上的，警長示意司機和乘客下車，車內各人哪肯就範？

「打碎玻璃！」警長下令道。

衝鋒隊員立即用伸縮警棍砸碎司機座位旁的玻璃，「嘎嘎嘎」幾聲之後，不碎玻璃碎了一地，衝鋒隊員伸手強行打開車門，將司機揪出車外，司機還想掙扎逃走，衝鋒隊員又豈是弱者張伯，兩下子便將「瘋子」制服。

混亂中，另外兩個乘客向兩個方向逃走。

「我再警告你們，你有膽再走，我便開槍！」警長嚴詞厲聲說，小賊只好止步舉手。

你們猜，「綠車車神」為什麼會乖乖停車？

說起來，也真好笑。

是沒有汽油！所以，「跪低」了！

被捕的三個少年，立即被要求進行呼氣測試檢驗

體內的酒精濃度。他們並沒有飲酒，不是醉駕。

那麼，一定是毒駕，受了毒品影響，才會如此失去人性。而且，兄弟的確在車尾箱裏檢獲兩支針筒，一支注滿「藍精靈」溶液！

既失望又奇怪的是，檢驗結果，少年血液中並無毒品成分，即是說，他們事前並無吸食或注射過毒品，瘋狂駕駛並非吸毒後出現幻覺，以為被人追殺，瘋狂逃命。

那麼，他們為什麼有如此瘋狂行為？

車內毒品又是從哪裏來的？

再說大欖涌那一邊，Tyson 泰臣發現了泥地上的血跡，血跡讓他掌握了目標氣味，他沉穩地仰頭嗅索了一會，自信地帶着姚 Sir 走向山邊草叢中的一條小路，小路的盡頭有點點燈光，姚 Sir 知道，那兒正是大欖涌村。姚 Sir 下令道：「Tyson，SEARCH ！」

Tyson 泰臣翕動鼻翼，隨着從血跡中得到的氣味之路前進了大約十分鐘，忽然停住腳步，只見他豎起耳朵，留心聽了一會，報告說：

「汪汪，汪汪，姚 Sir，姚 Sir，前面草叢有人，前面草叢有人。」

Tyson 泰臣犬耳，聽到了人耳未聽到的微弱的呼

吸聲，姚 Sir 看不見也聽不到什麼，但他相信 Tyson 泰臣，知道他的「兄弟」有發現，立即一邊通知警長，一邊也打醒十二分精神，亮着手電筒，小心翼翼地緊步跟着 Tyson 泰臣前進。

再前行約十分鐘，Tyson 泰臣倏地停止了腳步，全身肌肉繃緊，毛髮豎立，尾巴挺起，哼哼起噴着鼻息，向着草叢狂吠，這時，姚 Sir 也聽到草叢深處傳來沉重的呻吟聲了。

姚 Sir 關了手電筒，解開 Tyson 泰臣的犬索，沉聲下令道：

「Tyson，HOLD HIM ！」

好一頭洛威拿犬 Tyson 泰臣，天生黑面，全身黑毛，連眼睛也是烏黑色的，在黝暗的環境中，就好像穿了隱形戰衣，只有他看見你，你決不可能發現他。

今晚星月黯淡，草叢中漆黑一片，只見他瞪起那對冷光四射的大眼，露出陰森森的犬牙，我們那頭顯赫有名的「魔鬼警犬」決定行動了！

看，那頭黑色魅影，正躡手躡足，不動聲色地匍匐爬進草叢中，他嗅到血腥味、毒品味和老人獨有的體臭。

「汪汪，汪汪，死老鬼，死老鬼，死吸毒友，死

吸毒友，咬死你！咬死你！」

儘管四周一片黑暗，但我們警犬，搜索獵物，從來不靠視覺，只靠犬科特有的靈敏嗅覺。

救援伙記靠近了，Tyson 泰臣計算了距離。

ACTION！

聳身一跳，撲向匿藏的「老鬼」，一下子，便咬住他的手臂，牢牢地咬住那支瘦削乾癟的手臂。

姚 Sir 亮了手電筒，一照，咦，一位年老瘦弱的老人家？正被 Tyson 泰臣嚇得眼淚鼻涕直流。

Tyson 泰臣鬆開了牙齒，卻仍對着老人家豎直耳廓，齜牙咧嘴，恣張犬毛，放聲狂吠：

「汪汪，汪汪，死老鬼，死老鬼，死毒友！死毒友！臭死了！臭死了！咳咳……」

姚 Sir 皺着眉頭，不明白 Tyson 泰臣為何這樣對待老人家，把人家嚇成這樣。

警犬緝匪，對付罪惡，嫉惡如仇，對惡徒當然不客氣！

「Tyson，STOP！」姚 Sir 喝令道。

Tyson 泰臣悻悻然放下耳廓嘴角，垂下下巴贅肉，斜着眼盯着「人犯」。

老人家正是張伯。

Tyson泰臣緊緊跟着張伯，只要張伯停步，他便在前面坐下。

這是發現毒品的印記！

「阿伯，對不起，例行公事，要搜搜身。」警長對張伯說。

「汪汪，汪汪，蠢人，蠢人，毒品在他的血管中！毒品在他的血管中！」

「什麼也搜不到，好好管教你的狗！」警長教訓姚Sir說。

張伯被送去醫院治理傷口，姚Sir堅持要為張伯驗毒，另一邊衝鋒隊警長也告知我們計程車內發現毒品。

終於，真相大白，張伯才是毒駕司機！

至於歐哥和他的同黨，不過駕車當打機，混淆了現實和虛擬世界，差點釀成悲劇。

歐哥、威仔、小D正是協助劫法場的三個少年。他們沒有記錯，張伯駕駛的計程車，正是當日被截停在計程車站等候的那一輛。根據三個少年的口供，我們找到了靳晶……

「劫法場」案開審了，法庭上，靳晶一味推卸責任，說整件事都是陳東的主意。

控方向法官展示少女給男友陳東的信：

「9月28號嗰日你9：00到屯門法院嘅停車場個閘位等我架龜車，之後就跟住佢泊到去邊，如果見到我落咗嚟嘅話，就拉我走，因為我好想同你遠走高飛，唔知你肯唔肯呢？28號記住9：00到屯門法院停車場帶我走，我要你咁做，OK？如果你想同我早啲住番一齊就咁做啦！」

她原來是個大話精，説紋身男陳東是她的契爺，原來卻是她的同居男朋友。

看，少女小覷不得，整件「劫法場」大案，她才是主謀、策劃者！

「我隨口説説吧，他又當真！」靳晶説，一副自己是逼於無奈的神態。

可憐她的同居男朋友，為了疼她，一切依她的要求去做。

「你怎樣想出整個劫人計劃的？」

「法官大人，我沒錯，是電視劇和連環圖教的！」

她還以義氣鼓動涉案的三個少年，一同以身試法，最後，三個少年還犯下劫計程車、毆司機、無牌駕駛的罪行。

第四章　十三歲的悲哀

受到一股強烈季候風影響，今天天文台錄得市區最低溫度，白天的最高溫度，就只有攝氏十三度，晚上還要跌至八度。

冷鋒吹襲，沙嶺寒風嗖嗖。

警犬訓練學校中，姚 Sir 向警犬老爸報告：「這 Tyson，不知道是否老了，捉了賊鬆開齒，竟然連聲咳嗽，這是以前從未發生過的。」

「不是嗎？如果每次咬完疑犯後都要咳嗽幾聲，豈不大損『魔鬼警犬』的英明？」警犬老爸說。

「說起來，Tyson 也屆退下火線的年紀了吧？」姚 Sir 輕拍他的好兄弟，滿眼憐惜的說。

「安排他去梁醫官處檢查一下，評估一下體質，如果真的要退休，也得安排一下他的後路。」警犬老爸說。

警犬老爸和姚 Sir 的對話，魔鬼魅影警犬 Tyson 泰臣，句句入耳，低聲呻吟道：

「汪汪，我不要見魔鬼獸醫，我不要見魔鬼獸醫，

毒血令我咳嗽，毒血令我咳嗽，我沒事！我沒事！天哪！天哪！不要這樣對我！不要這樣對我！」

年紀大了，英雄氣短，有什麼辦法？

我 Nona 露娜不喜歡他的驕橫跋扈，卻仍敬重他的能力高超。

我幽幽地望着他，寄予無限的同情。

走向夕陽，我 Nona 露娜和我的愛人 Max 麥屎又何嘗不是？

天氣冷，我 Nona 露娜的心裏，感到比天氣更寒冷。人類社會病了，少年瘋了，森森犬牙，竟然要用來咬噬他們，我這做了媽媽的，忍心嗎？

我的十三少 Epson 阿爽，正跟着他的兄弟球 Sir 在新蒲崗巡邏。新蒲崗，工廠林立，處處是舊式唐樓和徙置區，龍蛇混雜，黑幫固然使警隊頭痛，童黨問題卻尤其令警隊頭痛，他們比黑幫更神出鬼沒，說話我們又聽不明白，行為更匪夷所思，年紀更輕至八、九歲！八、九歲，才讀三、四年級吧，已是小魔頭，跟着十三、四歲的少年魔頭，恣意搗蛋；十三、四歲的，又跟着十六、七歲的後少年魔頭，鋌而走險；到了十八、九歲，還有什麼事不敢做？

自從多次發生兄弟執勤巡邏遇襲事件後，警隊編

制已經盡量採用「孖 beat」，即兩人一組制，以便有事發生時，可以互相照應，歹徒想犯法，看見「孖 beat 警」，多數會「收手」，以免自討苦吃。多謝警隊對我們警犬的看重，把我們當作人類看待，編制上一人一犬便算是「孖 beat」。對於這個編制，領犬員兄弟們頗有微言，說上級手法有欺騙之嫌，對我們全體警犬來說，Why Not？我們，不論老犬嫩犬，都經過嚴格訓練，有智有勇，可兇猛可溫柔，能放能收，絕對服從，老實說，不是我自詡，有些時候，犬牙犬耳犬爪犬腦，比人手人耳人腦更有用呢！你們說，為什麼一頭警犬，就不當作一個戰鬥力？就不能和領犬員兄弟算作「孖 beat」？

十三少 Epson 阿爽的兄弟球 Sir，老「差骨」了，做了警察這許多年，當然知道新蒲崗龍蛇混雜，在這一區行 beat，得十分留神，格外小心，十三少 Epson 阿爽卻顯得心情輕鬆，事關潮流興迷你裙，滿街春光乍洩，Epson 阿爽大飽眼福之餘，還評頭品足：

「汪汪，Hello，小妹妹，今天氣溫才十三度，你穿了迷你裙，不冷麼？」Epson 阿爽向迷你裙少女搭訕。球 Sir 輕扯他的犬索，示意要他莊重。

「汪汪，大嬸，你行行好，穿好你的褲子吧，怎

的一把年紀，還分不清褲子和襪子，把襪子當褲子穿呀！也不害臊！」Epson 阿爽對迎面而來，穿着羽絨短褲和貼身原子襪的大嬸諷刺道。這一次，連球 Sir 也心中竊笑，不再制止 Epson 阿爽吠叫了。

「汪汪，嘔心！嘔心！」一人一犬，相視而笑，冬日街上，頓然增添了暖意。

忽然，球 Sir 的通訊器「呮呮」響起，提醒這「孖 beat」有事發生了，要打醒十二分精神。

「伙記，區內三華中學發生學生打鬥事件，你的位置最近，立即去看看情況。」

球 Sir 甫接通知，拖着 Epson 拔腿就跑，直趨位於下一條街道的三華中學，他邊走邊說道：

「都說啦，新蒲崗是九龍出名的罪惡黑點，青少年問題比其他區更嚴重百倍，今天分得好差事，你還在迷你裙妹妹、『皮褲』大嬸的逗趣！」

Epson 阿爽感覺到兄弟的腎上腺素的飆升，情緒緊張，知道事態嚴重了。

學生打鬥案發現場是新蒲崗三華中學的一個中二課室，兩個學生正打得難分難解，一個正用手「叉」着另一個的頸項，扼得他頸部露出瘀紅抓痕，頭部血氣賁張，滿臉通紅；另一個也不示弱，正用一串鑰匙，

猛擊「叉手小子」頭部。

那時正值轉堂，課室沒有老師，同學見發生打鬥，有人跑出去找老師，也有人撥電報警。

球 Sir 和 Epson 阿爽接報趕赴學校，竟然比老師更快到達肇事課室，只是報案電話中說的「兩個人打鬥」，已經演變成兩批男學生互毆，沒參加羣毆的，尤其是女學生，則變成啦啦隊，在場吶喊助威，趕到課室的校長和老師見到這情境，都嚇得目瞪口呆，今天，他們才真正看到少年人的躁動和瘋狂！

球 Sir 眼見這麼混亂的情況，一時之間，也不知道如何入手，他們只是狂躁少年，才十三、四歲，又不是悍匪、狂徒。

「汪汪汪汪汪汪汪汪汪……」Epson 阿爽連聲狂吠，露出兇惡目光和陰森森的牙齒。其實，當高大嘴黑的 Epson 阿爽出現時，嘩啦吶喊的女學生已經收了聲，瑟縮一角；正在羣毆的男學生，或者是懾於警犬的狂嚎，也或許是獸性發洩夠了，也逐漸停止了打鬥。課室，頓時倏然地籠罩着一片沉寂……

除了那兩個還在拼個你死我活的主角……

Epson 阿爽撲上去，咬住「鑰匙小子」的手，口把持着鑰匙的手扯下來，鑰匙便自然地脫手落地；球

Sir 則一個箭步上前，掰開「叉手小子」的手臂，硬生生地分開惡鬥中的兩個男孩。

兩個打架的學生，「叉手小子」姓葉，名文，諢名「一代宗師」，自少酷愛武術，動輒跟人動武，擅長叉頸，一發即叉，百叉百中，校長老師都擔心終有一天，他會「叉死人」，搞出人命。「鎖匙小子」姓郭，名過，諢名「喔喔雞」，從小就像一隻鬥雞，動輒跟人吵架，擅長埋身肉搏，用鎖匙「啄」對手頭頸。

狂躁宗師遇上鬥雞高手還不過兩招？

更何況，他們正值危險的十三歲，根本控制不了體內躁動的荷爾蒙，極度需要一些發洩；人剛升上中二，沒有了中一初來步到的羞澀，變得膽大妄為；最麻煩的是兩個危險人物被編在同一班，天天見面，每節課都 unlike 對方。而打架，也不是第一次了，被召見訓導主任和駐校社工，記錄的檔案足有一吋厚！

「今天，又有什麼理由要動手？」訓導主任問道。

「誰叫他坐了我原先的座位？！」「葉文大師」振振有詞道，其實，全班同學都知道，他哪裏是介意那個座位，他介意的是鄰座一頭長髮的小芳。

「老師調位，抽籤決定，這是天意！」「鬥雞」郭過據理力爭，寸步不讓，他也喜歡那一頭長髮、善

解人意的小芳。

新蒲崗警署一隊警察和一輛救護車趕到，救護員先為葉文止血，包紮好頭上的傷口，順口問他為什麼要對別人「叉頸」，他竟然說：「前保安局長葉劉淑儀也說『叉頸』最能制服滋事分子啦，哼，你看他有沒有受傷吖，沒知識！」

救護員證明兩人只是皮外傷，沒生命危險，不用送院救治，於是警員準備將兩人帶署調查。

「他們也不過是一時衝動吧，阿 Sir，請你將他們交回學校處理吧，校方會按照校規，為兩名學生進行輔導的。」校長老師一起為他們求情道。

「汪汪，哼，學校做得到，便不會發生單打獨鬥與羣毆的事啦！」Epson 阿爽辦案完畢，奉命在門外坐着等候，聽到校長說的話，不禁心中冷笑。

「他們被帶到警署，會留下心理創傷的。」學校社工面露擔憂道。

「汪汪，哼，如果不教訓他們，只怕他們變本加厲，做出種種擾亂社會秩序，甚至威脅人身安全的事呢。」Epson 阿爽在門外說道。

「警方這樣做，會影響校譽的。」Epson 阿爽聽到校長對訓導主任說。

「汪汪，哪哪哪，分明是怕校醜外傳！」Epson
阿爽真是洞悉人心。

負責警長職責所在，一定要調查打架事件。

於是，「葉文大師」被要求帶警察到他家調查。

大師住在區內一屋邨。甫抵屋邨，便看到平台站
了許多人，正抬頭看着一個單位，單位的窗中，不斷
有東西掉下來。

街坊一看到葉文，立即對他說：「你爸爸又發神
經了，快，快去看看……」只見「葉文大師」漲紅了
臉，拳頭緊握，一聲不吭。

「快走，神經仔要打人了！」街坊師奶拖着寶貝
女兒說。

葉文住在十三樓。一打開門，便看見一個中年男
人正站立窗前，目光呆滯，一邊喃喃自語，一邊將一
本書逐頁撕下，拋出窗外。

「停手！你撕掉我的書，以後我怎樣上課？」葉
文嚎叫道，衝上前去，攔腰抱着那中年男人，淚水洶
湧而出。

十三歲葉文的眼淚，融化了在場男子漢的心，對這
樣的一個家庭中成長的少年，鐵漢們該採取何種態度？

一再查問，大家才知道「葉文大師」家中那個患

精神病的爸爸，平日經常自言自語，語無論次，還出現幻想，妄想有人要殺他，整天神經繃緊，緊張兮兮的。葉文八歲時，他爸爸的病情變得嚴重，一發病，便會將棉被、枕頭、杯麵、罐頭等擲出窗外，家中每天都要把這些東西藏好，不然，被鋪食物都會沒有了。葉文九歲時，爸爸開始跟電器有仇，先拋擲收音機，再擲電飯煲，然後，連電視機也不要了。有一次，甚至要把葉文用來做功課和打機消遣的電腦也拋出窗外。葉文的媽媽要工作，還要獨力照顧小兒子，她實在為這個丈夫、這個家付出了許多，可是，她那不事生產的患病丈夫，卻時常對她拳打腳踢，鄰居也常常聽到葉文媽媽的哭聲，甚至看到她被推倒在地上，有人不停地踢她的胸口，扼着她的頸，稚子葉文就經常目睹一切，每次只有放聲大哭，大叫「救命」。

葉文媽媽每次被丈夫虐待後，或者兒子頑皮時，她便會咬小兒子發洩，她咬他的屁股、小腿、大腿、肩膊。葉文小時候，滿身都有被咬傷或者抓過的傷痕，到現在還留下疤痕。最後，就在葉文九歲那一年，她終於忍受不了這種生活，離家出走了，留下稚子獨自面對瘋父。

妻子走後，男人更變本加厲，「神經」得更厲害

了，有時甚至拿着菜刀、生果刀到平台耍弄，説自己是太極張三豐，街坊當然報警，他終於被送到精神病院。那一年，葉文才十歲！由於沒人照顧，被送到男童院暫住，三個月後，才和爸爸一起回到屋邨內的「家」。不過，從那個時候開始，左鄰右里，都視他兩父子是怪物，不願意和他們交往，也禁止自己的小孩和葉文做朋友。鄰居告訴警察，葉文少時很膽小怕事，每晚都發噩夢，大叫大哭，據説還尿牀云云。

Epson 阿爽聽到這裏，同情心大發，禁不住輕舔站在他旁邊的少年葉文的手。

葉文在被孤立中長大，膽小畏縮，六年級時忽然變得兇惡暴躁，在低年級同學前扮大佬，結成童黨，帶着他們欺凌弱小。他的背囊書包中，常常藏着開山刀和鐵通等武器呢！

警匪不兩立，試問 Epson 阿爽和少年葉文，有可能成為朋友呢？

至於郭過，居住在同區的另一個屋邨，一家四口，有爸爸、媽媽，還有哥哥，外人以為這一家整整齊齊，十分幸福，沒人知道他有一個言行極端的爸爸，要求極高的虎媽和一個中了電子遊戲毒的冷血孿生哥哥，他們一家人在有意無意間，一起共同摧毀着這個家。

　　警察帶同郭過回到他的家，在門口便聽到激烈的
爭吵聲：「你沒錢？沒錢便賣掉手上的戒指，給我買
最新的遊戲裝置！」一把少年男聲道。

　　「你瘋了嗎？這是我的結婚戒指，我最寶貴的東
西！」一把女聲說。

　　「你冷血，寧願讓兒子的電腦遊戲裝置追不上潮
流，被同學當眾侮辱，又在面書上嘲笑！你怎麼做阿
媽！」那把少年男聲咆吼道。

　　「你在學校被欺負，去告訴老師呀，在家裏發瘋
的吵什麼！」那把女聲也吼聲震天，要壓下對方。

　　「你到底給不給我錢？不要迫我！」那把年青男
聲絕不示弱，更語帶恐嚇。

　　門外兄弟們怕出事，催促郭過道：「快開門！」

　　郭過掏出那條染血的鑰匙，手顫腳抖地打開門
鎖。Epson 阿爽在眾人後面，但他嗅到屋內不尋常的
氣味，隱隱預感到有什麼不好的事會發生。

　　門一打開，大家正好看見一個鐵槌正向一個女子
後腦砸過去⋯⋯

　　「住手！警察！」球 Sir 一個箭步衝前，但他身
邊已經有一個黑影一飆，咬住了行兇少年的手。

　　少年「哎」一聲，鬆開了手，鐵槌「砰」的一聲，

跌至地板上……

「哥哥，你瘋了！」郭過大叫道。

兇手是郭過十五歲的哥哥，他叫郭謙。

郭媽媽全身癱軟，昏厥倒地……

郭過臉色刷白，抖着手打電話給爸爸，哭叫道：「爸爸，你快回來，哥哥殺死了阿媽！」

倫理慘劇，兄弟看得多了，但要他們親眼目擊這突如其來的「子弒母血案」，他們還是驚訝、憤慨不已的。

忙亂中，球 Sir 冷靜地電召救護車後，跪地檢查女子傷勢；Epson 阿爽也低下頭輕舔昏厥女子的臉，想喚醒她……

「你為什麼要這樣做？」警長指着地上昏厥的女子，審問「兇手」。

「不知道。」少年瞥了地上昏厥女子一眼，冷冷道。

「汪汪，冷血！」Epson 阿爽也按捺不住了，怒罵道，「汪，她是你媽耶！」

「他們平日也常常因玩電腦買電腦裝置事情發生爭吵的了。」郭過説。

「你閉嘴！誰要你多嘴！多事精！」郭謙喝道。

原來這郭謙，一直以來，已經常裝病請假不上學，躲在家裏玩電腦，學校多次催促，也沒辦法使他上學去，他還振振有辭對老師説：

「人家美國也有學生曠課去見奧巴馬啦，不但沒受到責罰，反而有總統奧巴馬即席揮筆，為他寫求情信。曠課？有什麼大不了？」哈，想不到他也追貼新聞。

救護車來了，郭爸爸也到了，看到擔架上的妻子，他怒火攻心，一巴掌就打過去，打得郭謙半臉通紅。

「我竟然教出你們這兩個垃圾！」郭爸爸怒不可遏，指着郭家兄弟罵道。

「在上個月，你已經因不滿虎媽禁止你玩電腦和拔去你上網的電線，和虎媽發生爭執，還用鑰匙擲向虎媽，（又是鑰匙！）使她額頭流血，現在竟然變本加厲，狂性大發？！」

説時，又揮拳掃過去，郭謙怒瞪着自己的爸爸，雙手握拳，一臉倔強，好像隨時要還手。Epson 阿爽也蓄勢待發，隨時準備撲噬逆子。

如此逆子，已經深深受電腦荼毒，成為叛逆電腦怪物，真是死不足惜！

但是，暴力對暴力，結果又將會如何呢？

「郭先生，請你先冷靜，跟隨救護車去醫院吧。」

警長説。

郭謙穿着運動短褲，右腿上有個兩厘米長的疤痕。

「怎樣弄傷的？」球 Sir 問。

「……」倔強少年緊抿着嘴，不作聲。

「是他讀幼稚園時，沒做好功課，被爸爸用生果刀劃傷的。」郭過説。

郭謙垂下頭來，眼泛淚光了。看來，六歲的創傷，在他心中留下不可磨滅的傷痕。

在警署翻查資料，兄弟赫然發現，郭爸爸冊上有名！原來他名叫郭求強，兩年前，曾因兒子派不到 Band 1 中學，氣憤難平，竟然爬上灣仔金鐘道與軍器廠街天橋上企圖跳橋，害得消防車、救護車、警車停滿街，警方召來談判專家到場游説，消防員要封閉灣仔東行三條行車線，開氣墊戒備……郭爸爸望子成龍的心，得到妻子的全面支持。郭爸爸爬橋企跳當天，郭媽媽是全力在橋下打氣的，她還憤憤不平地對記者説：

「我兒子的成績明明可以升九華，但卻被派到三華，這公平嗎？」

醫療報告指他患上狂躁症，看來，他的妻子心理上也正常不到哪裏。

事件令郭氏一家成為新聞人物，鄰居開始把他們

當怪物看待，有意無意地疏遠他們。

問題是，郭氏兄弟的同學也是鄰居，他們的家事，也傳遍學校上下，成為笑柄。兩兄弟，從第一天踏進學校，已經是校園嘲笑欺凌的對象，尤其是在面書上，遭人人 unlike，冷嘲謾罵。

在這樣的家庭和學校環境下，他們能夠心態平和，快樂成長麼？

後來，事實證明，使自己媽媽氣極昏厥倒地的事件，並沒有使郭謙覺悟過來，他仍然網癮難戒，為了上網，不上學；為了上網，偷家中的錢；為了上網，終日和家人吵鬧……就像吸毒和酗酒一樣，網癮已經損害了他的大腦神經細胞，干擾了他的情緒和自我控制能力。

「葉家、郭家的煩惱，誰又能為他們解決？」警犬老爸歎息道。

對！成人們，可以發發慈悲，給孩子一個正氣快樂的成長環境嗎？我 Nona 露娜代表警犬隊求求你們了！

第五章　拐子佬出沒

「汪汪，你好？」街上一隻流浪狗，向一個長髮女人懷中的銀狐犬打招呼道。

銀狐犬沒有回應他，神情好像很不安。

「汪汪，哼，以為自己是個公主，便高傲無禮，瞧不起犬了！」流浪狗不忿地罵道。

「嗚嗚。」銀狐犬在那女人懷中，掙扎了兩下，嗚嗚叫了兩聲。

「汪汪，喂，你是犬來的，怎的吠不似吠，哭不似哭的？沒個好狗樣的！」流浪狗嘲笑道。

長髮女人身旁有一個男人，扶着抱着銀狐犬的長髮女人，步履匆忙，就在街角轉彎處跳上計程車。

「嗚嗚，救我！」流浪狗耳朵靈敏，分明又再聽到銀狐犬「嗚嗚」的哭聲，還在求救呢。

「汪汪，小公主吃飽撒嬌，嗚嗚亂叫救命，是想吸引注意吧？哼，無聊！和你搭訕，又不理睬，哼，討厭！無聊！討厭！無聊！討厭！無聊！討～～厭！無～～聊！汪汪汪汪汪汪……」連聲痛罵，還齜牙咧

嘴……

　　他生氣了，忽然來一個拔腿，衝到牆角，就地聳身跳高，半空中反轉身體，頭下腿上，蹬起後腿，巴啦巴啦向高空勁射水炮，哈，他的尿，倒撒得蠻高的。

　　唉，狗性不改，又來了，示威霸地封王了！顯示自己的存在價值呢！

　　他，就是我 Nona 露娜當年初出道，第一次上街巡邏執勤時遇見的「生滋」流浪唐狗，在我這個新丁面前，他還自封為「便衣警察 CID」呢！歲月不留人，我已屆退休年齡，他也垂垂老矣，還在到處流浪，掙扎求存，幸好他的鬥志和機智仍像年輕時一樣，絲毫沒有退減。

　　「汪汪，Hi，CID，還認得我麼？我是警犬 Nona 露娜啊！我第一次處女伙記出更便見過你，你說如果我是警察，你便是 CID。還說我是來搶你的地盤呢！」

　　「哦，警犬狗 Nona，升職了，以為自己是官我是小民，幾次在街上遇到你，你都扮酷，兩眼朝天，對我愛理不理的。」

　　「汪汪，千萬別這樣說。我們警犬要守紀律，工作中豈能停下來和朋友閒聊？看，今天我和忠仔來觀塘行 beat，碰上了你，不又立即打招呼嗎？你還記得

那頭說自己坐了直升機差點被勒死嚷着要報警的唐狗嗎*？聽說他最後離家出走，也變成一隻流浪狗了呢，你見過他嗎？」

在這裏，讓我先解釋什麼叫「坐直升機」：就是人類用皮帶或者繩索把動物凌空吊起來，然後用力擺動被吊動物的身體，讓動物在上面兜圈旋轉，叫做「坐直升機」。旋轉的力度不但使被吊動物頭昏腦脹，如果皮帶或者繩索被扯緊了，更可能令被吊動物窒息致死，是十分殘忍的虐待動物酷刑。

「警犬狗，你聽好，不要滿口流浪狗流浪狗的，流浪狗很失禮麼？我們只是不愛被人類所專制、限制、控制、管制、拑制、抑制、壓制、抵制……」

他分明是在諷刺我們紀律部隊的循規蹈矩，服從紀律！

「汪汪，看來，你又像在生誰的氣呢！誰又不給你老面子了？」

「汪，那隻……」CID 正要說下去……

就在這時，一個女人神色倉皇地從一座大廈走出來，邊走邊叫喊道：「Color 仔，Color 仔，你在哪裏？

*　有關 CID 和直升機事件，請見《特警部隊 1・走進人間道》。

不要嚇媽媽呀！」

喔！有事發生！有案要辦！我犬身一緊，兩隻犬耳豎起，機警地靠在陳 Sir 左大腿旁，不再理會那頭患了狂躁症的「生滋」流浪狗 CID。

那個女人一見到我和陳 Sir，如見救星，向我們招手叫道：「阿 Sir，見到你真好，我的 Color 仔不見了，請你替我尋回他吧。」

近日，香港社會籠罩着「拐子佬疑雲」，短短兩個月內，就發生好幾宗兒童被拐或懷疑被拐事件：

案子一，將軍澳九歲男童放學後獨自步行回家時被一名陌生男子從後面抱起，男童拼命掙扎被打傷嘴巴，幸好逃脫；

案子二，喇沙小學三名學生放學後往登保母車途中被誘騙登其他車，幸好他們機警拒絕，逃脫被拐命運；

案子三，培正幼稚園四歲女童在等校車時被一名中年婦人拖走上巴士，幸好她的祖母及時發覺，將她奪回；

案子四，兩歲女童在伊利沙伯醫院被一男子強行抱走，女童嚎哭，最後被遺棄在油麻地一食肆後樓梯間；

　　案子五，五歲女童在尖東科學館玩耍時險被陌生人拖走，幸好她的媽媽及時發覺……

　　太恐怖了，這是香港嗎？

　　連串拐帶或試圖拐帶孩童的案件，還沒破案，唉，今天，偏又叫我們遇上另一宗！

　　聽到女子的表述，陳 Sir 心頭一緊，幾年前大帽山被擄男童慘遭撕票一案在警隊中壓下一塊心頭大石，至今不散，兄弟們就最怕同類事件再度發生，唉，稚子無辜，誰忍心孩子們遭逢不幸呢？！

　　「你的 Color 仔多大了？是男孩子吧？」

　　「不，Color 仔是女孩子，才一歲大的 BB……剛才……剛才我開門倒垃圾時，她趁我不注意，走出門口，不見了！」

　　CID 罵 Color 是公主，原來沒罵錯，Color 真的是一頭雌犬。對女子亂七八糟的陳述，陳 Sir 只有耐着性子應付。唉，香港人思想負面，奉行個人主義，又愛標奇立異，言行怪誕，也叫怪不怪了。不過，說一個才一歲大的 BB，剛剛學走路，竟然會趁她開門倒垃圾的一瞬間，走出門口，倏的不見了，又實在匪夷所思。

「吓！什麼，一歲大 BB，會自己走出門口，就不見了？」陳 Sir 被她嚇了一跳，差點要罵她語無倫次。

「是呀，Color 仔平日很膽小的，誰知道今次她會玩失蹤呀！阿 Sir，你快想辦法替我尋回她吧。」

「你的 Color 仔才一歲大，還不懂得走路吧，除非被人抱走，沒可能自己玩失蹤的。」

「是呀，是呀，她身嬌肉貴，每次外出，都由我用孭帶貼身帶着，有時坐 BB 車，我從來不讓她走路，她根本不用走路，她不可能自己走失的。」

弄了半天，我們還弄不清楚：

一、Color 仔既是女孩子，為什麼又叫做 Color 仔；

二、Color 仔才一歲大，怎可能自己走出門口，又忽然不見了？

那個女子，看來四十多歲，蓬頭垢面，穿着拖鞋，分明是匆忙地從從家中走出來。她一臉焦急，不像報假案，玩弄警察，而且我嗅到她身上腎上腺素濃烈的氣味，她是真的焦急的、緊張的。奇怪的是，她的身上沒有附着人類嬰孩的奶味。

我 Nona 露娜知道了，她走失的不是一個小人兒！

「汪汪，陳 Sir，她走失的不是一個小人兒，是一頭狗。」她身上附着的氣味告訴我，她失走的是一頭

83

狗，一頭銀狐犬。

陳 Sir 扯一扯犬索，示意我安靜。

我急得頻頻頓足，不知道怎樣告訴陳 Sir。

「Nona，SIT ！」

那女子對陳 Sir 說：

「阿 Sir，我很愛錫她的呀，我為她買最漂亮的衣服和小鞋子，讓她吃最好的食物，還帶她去吃大餐，上訓練班，和我一起睡覺，她簡直就是我的囡囡，我的心肝寶貝，我們朝夕相對，我真的不能失去她，沒了她，我會發瘋的，你快替我找回她吧。」說着說着，女子哭了起來⋯⋯

「我明白你作為母親的心情，不見了孩子，當然焦急。先備案吧，你叫什麼名字？失蹤孩子叫什麼名字？」

「一歲小孩吃大餐，上訓練班，這瘋家長簡直莫名其妙。」陳 Sir 低聲嘀咕着，笨陳 Sir，還不知道 Color 仔是什麼，我急得在他身旁團團轉。

「Nona，SIT ！」

「我是老小姐，孩子叫 Color。」女子說。

「我要你和失蹤孩子的全名。」陳 Sir 沒好氣地問道。

「我叫老來嬌，失蹤孩子叫 Color。」

「我要孩子的全名，請你説清楚。」陳 Sir 耐着性子問，真是好公僕。

「好呀，她就叫 Color Lo 吧。」

「失蹤孩子的中文全名呢？」如果不是怕投訴，陳 Sir 真的應該痛罵這位老小姐浪費時間。

「汪汪汪，喂呀，陳 Sir，狗仔怎會有中文全名的呀？你説，我 Nona 露娜中文全名是什麼？難道我姓露，名娜？笨死了。」

「你要孩子的中文全名，那好吧，她就叫老高拉。」

陳 Sir 一臉疑惑，又有點不高興：

「那好吧，她就叫老高啦。」這是什麼態度？

「你説什麼？老高啦？」陳 Sir 覺得女人在耍他。

「阿 Sir，是『拉』，不是『啦』？」女人不耐煩地説。

我知道，陳 Sir 心裏正想道：「現今是什麼世代？人們的名字那麼古怪？孩子跟母姓，又一個離婚婦人嗎？」

再依這條線索查問下去，陳 Sir 是不會破到案的，我心急得用犬爪抓地下。

「Nona，有線索嗎？」

「老來嬌走失的是一隻銀狐犬！汪汪，喂，CID，你在街上，有看到一隻銀狐犬嗎？」我向在街角發高射炮，嗅聞過自己在牆上留下尿液後，一臉滿足的 CID 問道。

「汪汪，我為什麼要告訴你，讓你去領功嗎？」CID 一副幸災樂禍的表情說。

「汪汪，這樣說來，你是老年視障，看不清楚了。」對自大其實自卑之輩，最好用激將法。

「汪，你才老年視障，看不清楚，那女人懷中抱着一隻銀狐犬，銀狐犬穿着黃色小背心，吠不似吠，哭不似哭的叫救命，女人身旁有個男人，兩個人急急忙忙地走到街角轉彎處，跳上計程車，呼，走了！還說我看不清楚？汪汪！」CID 仰起頭，一口氣地敍述，一副洋洋得意的樣子。

「汪，果然寶刀未老。」我 Nona 露娜一邊稱讚他，一邊伸長脖子，在空中嗅索，果然，有一陣跟老來嬌身上一樣的銀狐犬氣味，一直瀰漫到街角轉彎處便消失了。

老來嬌帶着陳 Sir，走進居住的大廈，那看更一見老來嬌，立即問道：「老小姐，找到 Color 仔嗎？」

「找到我還用焦急嗎？都是你疏忽，怎會讓人隨便抱走我的 Color 仔。」老來嬌埋怨道，緊張得滿眼通紅，看來，快要決堤了。

「哎，老小姐，他們說是你的親戚，我怎知道是雌雄大盜呢？」老年看更當然不肯將責任扛起來。

「賊會在額頭上刺青，說自己是賊麼？」老來嬌邊哭邊說。

「丟失了孩子，做母親的當然焦急，陳伯，你不要跟她吵了，讓我看看閉路電視錄影帶。」

閉路電視錄影帶上，沒有人抱走嬰孩的視像，只有一對男女抱走一頭銀狐犬的畫面。

「嗚，Color 仔！」老來嬌大哭起來，「她可是觀塘通明街的明星犬啊！」

弄了半天，陳 Sir 終於明白了，女人不見了的是一頭銀狐犬！

拐狗大盜坐計程車走了，我們又往哪裏去追呢？

「Color 仔被陌生人抱走也不反抗又不吼叫，我才以為那對男女是你朋友。」

「她是趁我開門倒垃圾時，奪門而出的，她一定以為我開門，就是上街，自己先跑了出去。」老來嬌真的愛「子」情切。

　　「你住在十樓，Color 仔平日身嬌肉貴，習慣了被抱被揹和坐『狗 BB 車』，沒穿上小鞋子，怎會跑下十層樓呢？」老年看更説道。

　　「哦，是你，一定是你擅離職守，讓陌生人進入大廈，才會發生擄犬事件。」老來嬌指着老年看更陳伯罵道。

　　閉路電視錄影帶顯示，雌雄大盜是抱着 Color 仔從乘降機中走出來的，還和陳伯打招呼，可惜他們都戴着鴨舌帽，看不清楚容貌。

　　這真是一宗無頭公案，要破案，談何容易？

　　通知了警署警長，陳 Sir 和我 Nona 露娜上了老來嬌家，一來為了替她落口供，二來讓我 Nona 露娜嗅索 Color 仔的衣服鞋子和玩具，將氣味留在記憶庫中，或許，在某一天，讓我遇上她……我便可以立即採取行動！

　　離開老來嬌家，正要繼續執勤，路上，又遇見流浪狗 CID，他滿嘴油，看來飽餐一頓，旁邊還有一頭雌性流浪狗。CID 對他的女朋友説：

　　「汪，小甜甜，我告訴你，這是警犬 Nona，從她出道開始，我便認識她，她的許多案，都是在我協助下破的。」

「哇，你好厲害啊！」那頭叫小甜甜的雌性流浪狗說，一臉敬佩之情。

「汪，當然囉，我是 CID，但今次我不會告訴她，銀狐犬上了一架後面有一枝拐杖三條香腸的計程車。」CID 悄聲地對小甜甜説。

犬類耳朵靈敏，我 Nona 露娜當然聽到 CID 的說話，CID 竟然認得計程車車牌 7111 ！但我怎樣才能將消息傳達給陳 Sir 呢？

午飯休息，在觀塘警署看電視，聽到又一宗女童被拐帶案！

案件發生在深水埗區。懷疑被拐女童的相片在熒光幕上出現，以便市民協助尋找。失蹤女童兩歲，名叫梁定好，剪了個平頭裝，圓圓的大眼睛，一對大耳朵，高高的鼻樑，小小的嘴巴，簡直就是小美人一個，她只有兩歲，但看來精靈可愛，只希望她的命運，跟她的名字一樣「定好」就是了。

電視台記者訪問她的公公周功，他說：「我帶定好到通州街公園玩，我才上了廁所一會兒，出來便失去了她的蹤影。」

警方接到老人家報案後，立即翻查附近地點的閉路電視錄影帶，發現一個年約六十歲 M 字額的男子

曾經抱着失蹤女童，懷疑女童被拐帶，立即派動百多名「藍帽子」警員到附近搜尋。深水埗區是九龍舊區，鄰近石硤尾徙置區，區內舊式建築物林立，龍蛇混雜，這裏是布匹排檔市集，那裏是以賣電器著名、永遠人擠人的鴨寮街，深水埗區雖然街道設計縱橫有致，但人流複雜，要扒要偷要搶要拐，並不困難；只是，要尋找一個兩歲失蹤女童，可絕不容易。

女童家並不富有，父母在大陸工廠工作，周末才回香港，孩子就交給公公帶養，公公六十多歲了，孤身一人，雖然辛苦，也樂得有個孩子相伴，更何況，只要他肯幫忙帶孩子，他的女兒和女婿才會回自己身邊。

由於近日盛傳拐子幫出沒，拐帶孩子販賣，又真的發生連串拐帶或試圖拐帶孩童案件，警方當然大為緊張，除派大隊人馬作地毯式搜尋外，還出動警犬協助，我 Nona 露娜的十三少 Epson 阿爽夥拍警犬隊中「王牌搜索犬」Coby 高比奉召到深水埗協助搜索*。

警方帶着女童照片及閉路電視錄影帶副本，向區內商戶及途人問話，更在據報女童失蹤的通州街公園

*有關「王牌搜索犬」Coby 高比的故事，請看《特警部隊 4 · 緝毒猛犬》。

召開記者會公布消息，希望透過傳媒幫助，儘快發放女童失蹤的消息和相片，引起公眾注意，請市民協助尋找。你們知道啦，許多人心頭癢，想做警察，參加查案，警方這一措施，當然會引起全城注意。

兄弟們帶同 Epson 阿爽和 Coby 高比到老人家的家裏嗅索女童氣味，老人家一邊走一邊哭得老淚縱橫，真是見者也為他傷心。

可惜，直至黃昏，失蹤女童仍音訊杳然。

警方不敢鬆懈，進一步在女童失蹤的通州街公園內豎起電子顯示屏，打出「小童失蹤」字樣，不停發放女童失蹤的消息，呼籲市民協助提供線索。

一干人馬再到據說是女童失蹤地點的通州街花園，Epson 阿爽和 Coby 高比嗅索一番後，卻不約而同地帶着兄弟們向汝州街方向跑去。兩人兩犬，路上狂奔，嚇得途人紛紛退避兩旁。

就在這時候，警長接到警署通知，說有人來電報說在投注站外見過女童，記得她穿着一件彩色斑爛的拉鏈外套。

警方大為愕然，這和老伯的證供有出入，於是再查問老伯：

「你到底在哪裏丟失小孩的？你不說實話，我們

怎能夠幫助你？」

「如果你提供不確實的資料，可能會害死自己的外孫女的。」

「如果你不說實話，有可能會被告阻差辦公。」

「如果你提供假口供，那可是犯法的！」

老伯面色刷白，沉默了一會兒，終於說出真相：「我是在投注站外不見了孫女的。我入投注站買六合彩，叫她乖乖地站在門外等我，怎料到我出來時，便不見了她。阿 Sir，才一陣子吧，孫女便不見了。」

「哪個投注站？汝州街、桂林街、醫局街？」警長問。

「是汝州街那一個。」老伯哭喪着臉說，「阿 Sir，你們救救我吧，如果被她爸媽知道，真的連父女也做不成，嗚嗚，我真不知如何是好，我真可惡。」

「Epson 和 Coby 果然沒有搞錯。」B 隊兄弟，在 Epson 阿爽和 Coby 高比帶領下，浩浩蕩蕩向汝州街投注站前進。

警長在投注站內翻看閉路電視錄影帶，果然看見女童站在投注站門口，未幾，有一個 M 字額的老人出現，走近女童，而且把她抱走。在汝州街投注站門外的 Epson 阿爽和 Coby 高比，則像有發現似的，Epson

阿爽扯着球 Sir，Coby 高比扯着葉 Sir，跟蹤着女童的氣味之路走，一直走到欽州街，老伯心急尋孫，也在後面跟着大隊跑。

Epson 阿爽和 Coby 高比越走越快，簡直就是拖着他們的領犬員賽跑一般，街上行人紛紛走避。

他們拖着領犬員在人來人往的街上狂奔，是因為他們誰也不能讓誰先邀功，而且，他們靈敏的犬耳，正隱隱約約聽到遠處小孩的哭聲。

「汪，Coby，我和你比賽，看誰先找到女童，怎樣？」頑皮的 Epson 阿爽總愛把工作當成遊戲。

「汪，小子，女童就在後巷中，信嗎？」Coby 高比自信滿滿地説。真難為了他，快餐店的後巷，瀰漫着油煙的氣味，嗆喉又不好受。

「汪，Coby，那小孩正在後巷中，哭泣着，沒錯吧？」Epson 阿爽在嗆喉的油炸氣味中清楚嗅到女童的體香。

去到後巷，卻不見女童蹤跡。

「Epson，你搞了錯嗎？」球 Sir 問。

「Coby，你也搞了錯嗎？」葉 Sir 問。

就在這時，Epson 阿爽和 Coby 高比又不約而同走到一個門口，一看，原來是來記快餐店的後門。後門

是虛掩的，Epson 阿爽一個犬步衝前，帶着球 Sir 走進去，Coby 高比當然也不示弱，亦步亦趨。

女童氣味之路把他們帶到餐廳大堂。一個衣服單薄的女童正在眼睛骨碌地吃薯條，十分享受似的。另一隊兄弟來了，正在為一個快餐店店員落口供，原來警署收到一間來記快餐店店員的電話，説發現失縱女孩。所以警署立即派出另一小隊，直奔欽州街。

來記快餐店店員説：「發現她時，她衣衫單薄，一個人站在來記快餐店的後巷嚎哭，我剛出來倒垃圾，聽到孩子淒厲的哭聲，發覺沒有大人在旁，只好帶她入內安頓，同事説她貌似電視新聞播出的被拐女童，不同的是沒了彩色外套，於是報警。」

周伯見到孫女，高興得老淚縱橫，摟着孫女又哄又吻，老人家是慈祥老好人，只是，好賭累事了。

兄弟翻看來記快餐店錄影帶，果然看見一個 M 字額的老年人，抱着女童進快餐店，好像想買食物，忽然又改變主意，帶着女童離開。

據兄弟推測，拐子佬可能得知警方通緝，故將小孩遺棄，自己逃之夭夭，還帶走了女童的彩色外套。

由於連續發生兒童被拐帶事件，加上拐子佬出沒傳聞在網上滿天飛，全城家長被嚇得四處搶購親子警

報器，只要小孩走出指定的感應距離以外，警報器就會發出「呔呔」聲；有的家長則自製防走失帶，用舊手袋肩帶作狗帶用，分別勾住自己的口袋和兒子的衣物，以防走失，你說誇張不？

Epson 阿爽和 Coby 高比破了女童被拐案，我 Nona 露娜參與的那宗銀狐犬被拐案，難道會成了無頭公案？

第六章　男孩的第一滴淚

你們以為周伯帶同孫女上街，把她放在投注站外，自己入內買六合彩的事，是絕無僅有的嗎？你錯了。這些事，在這個城市，天天發生，只是沒人失蹤，沒人報警，沒傳媒渲染，大家沒留意罷了。

賭之害人，賭仔心知肚明，但是賭癮如毒癮，很少賭仔戒得了的。

這些年，賭博已經不只是成年人的玩意，越來越多的年輕人，為了追求「發達」，也成為賭徒，不但自己賭錢，還引誘同學朋友一起玩，從此不能自拔，因賭欠債，因賭犯罪，成為黑幫幫兇，罪惡搞手。

警方秘密地推行「箭根」大計，一個卧底反黑行動，就是派警察潛入黑幫，了解情況，蒐羅資料和證據，原先以為掌握聚賭地點和主腦人物資料，以便一網成擒，怎知出乎意料之外，得到驚人大發現！

香港黑幫，竟然有自己的教育規劃！他們正在積極推行所謂「賭仔培育計劃」！用師徒制，培養賭場新血！哈，看來黑幫比政府更重視教育！他們的教育

政策，比教育局更清晰了然，而且極有階段性。他們是這樣安排的：

第一階段，是「糖衣友情軟手法」：利用已經加入黑幫的少年，在遊戲機中心、球場、學校，結識少年朋友，教他們玩麻將、撲克、牌九，招攬他們到公園聚賭，引誘他們説「錢途無限」；

第二階段，「初嘗勝果漸上癮」：當少年逐漸迷上賭博，便介紹他們到地下賭檔玩麻將牌九，讓他們玩跑馬仔式竹戰，增加刺激性，務使他們賭博成癮；

第三階段，「輸錢借債一身蟻」：向輸錢的成癮少年賭客放債，年息高達 2400 厘，令少年賭仔泥足深陷，一世無法還清賭債；

第四階段，「恐嚇威迫心膽顫」：進而用電話滋擾或淋油等手法恐嚇欠債賭仔和他的家人，甚至以毆打、死亡威脅賭仔等手段，向賭仔追收欠債；

第五階段，「走投無路迫走險」：到欠債賭仔走投無路時，便迫他們協助幫會招攬新賭客，要他們參與開賭、放債、販賣私煙、走水貨，甚至販毒等犯罪活動。

這樣的天羅地網，純真的少年又如何反抗？

這一天，Lok Lok 樂樂跟他的兄弟李 Sir 奉召出動。

黑頭高大的洛威拿 Lok Lok 樂樂是警隊中的「黑煞三王子」之一，*毒販見之喪膽，Lok Lok 樂樂七歲了，做過白內障手術，還童心未泯，舉動像小犬子，十分淘氣。今天，他奉召要到牛頭角追蹤「鬼添」。

據報，有牛頭角某學校校長報警，說某學生家長通知校方，兒子被自稱黑社會的同學「鬼添」追賭債，恐嚇他說如果他在限期內不還錢，便要對他不利。學校見事態嚴重，決定報警，由警方跟進。警方建議該學生不動聲息，繼續與「鬼添」來往。校長還向警方提供了學生的照片。

為免影響校譽，恕我不能告訴你們那所學校的名稱和正確地址。

放學時間，Lok Lok 樂樂和作便裝打扮的兄弟李 Sir，就像普通人家蹓狗一樣，「恰巧」路經該學校。Lok Lok 樂樂繫了犬索，但沒有標明「Police Dog」字樣，一人一犬，迎着午後太陽，李 Sir 吹着口哨，Lok Lok 樂樂拖着閒步，一派輕鬆悠然的樣子。

學生魚貫離開學校了，Lok Lok 樂樂和李 Sir 在學校附近躑躅留連，像有所等待似的。不多久，四個男

---

*有關洛威拿犬 Lok Lok 樂樂的「黑煞三王子故事」，請看《特警部隊 4．緝毒猛犬》。

孩子走出來，還未完全踏出學校大門，已經像約定般除去校呔，扯脫校章，把上衣從腰上皮帶中拉出來，有個更甚換上衣衫。這還不止，他們更從書包中取出一瓶髮泥，掏一把往頭上抓幾下，哈，竟然變成金色的豎髮裝，有型有款得很哩。

李 Sir 帶着 Lok Lok 樂樂，扮作若無其事地跟在他們後面，Lok Lok 樂樂顯得有點興奮，像有所發現似的，李 Sir 見過報案的學生，當然認得他的樣子，Lok Lok 樂樂又憑什麼知道這一班人有問題？

在一個紅綠燈燈位上，大家正在等候過馬路，Lok Lok 樂樂帶着李 Sir，趨前走到一個少年後面蹲坐下來。

一個戴金絲眼鏡和一個粗眉大眼的少年轉過頭來，看見 Lok Lok 樂樂，粗眉大眼的一個語帶嘲弄地說：「黑大個子無用，腳軟坐下了！」李 Sir 心中一凜，暗忖道：「難道他們知道了我們的身分？」

好一頭 Lok Lok 樂樂張口咧嘴，像對着他傻笑。戴金絲眼鏡的一個指着 Lok Lok 樂樂笑說道：「傻頭傻腦，幸好你不是警犬。」

Lok Lok 樂樂趁機扮友善，熱情擺尾，還趨前在他們身上嗅索。

李 Sir 知道，Lok Lok 樂樂的蹲坐，代表他有所發現。但 Lok Lok 樂樂這舉動，可能已經有洩露身分的危險。要知道，警察要學會鑑貌辨色，認出犯罪分子；黑幫何嘗不盡量掌握警隊資料，如查案手法、警犬訓練等？現在 Lok Lok 樂樂不但蹲坐示意，更任性地在「疑犯」身上嗅索氣味，如此一來，如果對方機警，可能生疑的，這會增加跟蹤查案的困難的！

不過，幸運的，他們原來只當 Lok Lok 樂樂是一頭黑大無用傻頭傻腦的笨犬。

「走，去我家大廈後樓梯玩，不分勝負不許走。」粗眉大眼的少年低聲說。說話時，他們已經被李 Sir 拍了照。

「難道他就是『鬼添』？」李 Sir 心裏想。

被說成「黑大無用傻頭傻腦」的 Lok Lok 樂樂，貼着李 Sir 左大腿，跟在四個少年後面，走過兩條街道，便轉到街角停一下。Lok Lok 樂樂已經在氣味記憶庫中留下了四個少年的氣味，即使不再見到他們的身影，只要相隔不太遠，風不太大，警犬 Lok Lok 樂樂也一定能夠憑空中氣味之路追蹤到他們的。

根據後來調查所知，這四個少年約十四、五歲，中一時一起打球，中二時結伴到遊戲機中心，升中三

後，開始沉迷玩撲克，賭錢的那一種，每天放學後，都相約到其中一人寓所大廈後樓梯玩，開始時，每個人輪流有輸有贏，漸漸的，不知怎的，壞手氣便總落在一個人身上，他叫高守業，父親是個富商，事業有成，希望兒子繼承，所以將兒子起名為守業。

「我沒錢了，不玩了。」高守業說。

「不怕，你不是叫『高手』嗎？怎會就此輸下去的？」說話的少年生得粗眉大眼，聲大氣豪地說，他名叫錢開元。

「不用擔心，大家兄弟，你沒錢，我可以借給你，慢慢還。」戴着金絲框眼鏡，一表斯文的少年，不慍不躁地說，他名叫文祥。

另一個少年比較沉默寡言，負責派撲克的工作，他名叫羅旺。

到底，誰是「鬼添」？

Lok Lok 樂樂領着李 Sir，追蹤着四少年氣味之路，來到大廈，卻被大廈看更攔阻：「入大廈要登記身分證。」看更說。

「身分證資料涉及私隱，你不可以這樣做。」李 Sir 說。

「你找哪單位？這裏不准養狗！」大廈看更果然

盡責，對連不知什麼時候由傻頭傻腦變成兇神惡煞的 Lok Lok 樂樂，也毫不害怕。

李 Sir 怕他吵嚷害事，把他拉到門前，低聲對他說：「警察查案。」

「警察？」看更阿伯一臉懷疑。

李 Sir 怕他打草驚蛇，只好讓他看警察證。

「是，阿 Sir，你隨便。」看更阿伯誠惶誠恐，怕惹麻煩，顯得充分合作。

李 Sir 拿出照片，問他誰是這裏的住客。

看更阿伯頓時變得十分雀躍，好像覺得自己參與查案破案，是十分光榮的事，他指着照片説：「是他，其餘三人是他的同學，常來他家中玩。」

「發生了什麼事？阿 Sir，你查什麼案？」看更阿伯好奇又多事，死纏着問。

「不要多事，不要多口，否則告你阻差辦公。」對付好奇又多事的人，一定要以氣勢壓之。

那個大廈住客的「他」，有可能就是「鬼添」麼？

聽報案的少年高守業説，他們愛在大廈的後樓梯間聚賭。

「他們進入大廈後，往後樓梯去了嗎？」

「沒有呀，他們乘升降機上樓，13 樓。」看更阿

伯掩着嘴壓着聲音在李 Sir 耳邊説，「阿 Sir，13 不祥。」

李 Sir 沒有時間再和看更阿伯研究「13」如何不祥，他要趕緊找着聚賭少年，他擔心今次高守業再拿不出錢，「鬼添」會幹出什麼事來。

是十三樓的後樓梯間麼？

李 Sir 帶着 Lok Lok 樂樂乘升降機上十三樓，推開後樓梯門，梯間靜悄悄的，不見人蹤。

只見 Lok Lok 樂樂全身繃緊，耳朵直豎，靈敏的犬耳，分明聽到「沙沙沙」的洗牌聲，跟着是「啪」的一聲疊牌聲，奇怪，再跟着卻不是「蟀蟀」的派牌聲，而是硬物撞地的聲音。

聲音從上面傳來，他們至少是在二十樓或以上。大廈樓高二十二層，他們在較高層數，較不容易被發現，果然聰明。

Lok Lok 樂樂毫不猶疑，帶着李 Sir 輕步地拾級而上，在大約十八樓，李 Sir 自己也聽到硬物撞地的聲音，他一心急，便要加快腳步，這時 Lok Lok 樂樂卻躡足躡腳，提醒兄弟不要發出任何聲響。

「高手，枉你叫做高手，近來運氣好像很不濟，逢賭必輸，連今天借去輸的，你已一共欠下 10 萬 9,700

元，欠債還錢，説，什麼時候還？」是粗眉大眼，聲大氣豪錢開元的聲音。

「我沒借十萬九千七，我只借過 1,970 元。」高守業辯説。

「不用利息嗎？ 2,800 厘利息一日，你懂數學，你自己計。」是金絲框眼鏡，一表斯文不慍不躁的文祥的聲音。

「鬼添，你們放高利貸，我一生還不完，你要怎樣就怎樣。」

到底，誰是「鬼添」？一撲出去，該先擒誰？

「咯咯」，硬物鑿地，Lok Lok 樂樂聽得分明，是金屬碰地的聲音，是刀子嗎？

「鬼添」在發出警告？！後樓梯間隱隱散發着血腥味。

「高守業，你父親是個富商，叫你父親給錢吧。」

「你是在勒索我嗎？」高守業説。

「咦，前兩天你不是害怕到『瀨尿』嗎，怎麼今天吃了豹子膽，竟然敢駁嘴了？」

李 Sir 和 Lok Lok 樂樂走到了十九樓，才準確知道他們是在二十二樓的樓梯轉角處，二十二樓單位是吉屋，待價而沽，正好提供他們非法聚賭的空間。

　　從説話聲中，我們知道四人之中，沉默的羅銘一直沒有出過聲，手上不停玩着撲克。

　　「你是打算欠債不還了吧？」

　　「待過年討了利是，我便還你 1,970 元賭債，再多的，我真的沒有，求求你們不要迫我！」高守業哀求説。

　　「那我倆的手足費呢？陪你大少爺玩牌，白陪的嗎？沒報酬的嗎？」錢開元説，看來，他不可能是「鬼添」。

　　是戴着金絲框眼鏡，一表斯文的文祥？還是沉默寡言的「攞命」羅銘？

　　二十一樓了，李 Sir 輕拍 Lok Lok 樂樂，低聲下令：「HOLD HIM！」

　　好一頭 Lok Lok 樂樂，四足用力向上跑，連吠帶躍，撲向「攞命」羅銘，咬住他拿着皮帶的右手臂，當時，他正揚起皮帶，要砸向高守業腦袋，被皮帶的金屬扣擊中，不頭破血流才怪。

　　擒賊先擒王，Lok Lok 樂樂決定先對付羅銘，是他認為羅銘就是「鬼添」，還是因為羅銘正揚起皮帶要打人？

　　説時遲，那時快，李 Sir 一個飛身，雙手捉住錢

開元，雙腳壓着文祥。

後樓梯門被踢開，衝鋒隊應召趕來。

「你就是鬼添？黑幫派來學校做『臥底收馬』的？」李 Sir 問「攞命」羅銘。

他緊抿嘴唇，不發一言。他開賭，人贓並獲；他恐嚇勒索，人證物證俱在。他被 Lok Lok 樂樂當場逮住，送往羈留所不得保釋，事實上，也找不到人保釋人，他的爸爸正在坐牢，媽媽失蹤。

少年羈留所，羅銘一直獨來獨往，不跟任何人說一句話。

李 Sir 經常帶 Lok Lok 樂樂去羈留所探羅銘，關心他，問他有什麼需要。李 Sir 是個好心的警察，很同情羅銘，認為他誤入歧途，實在有苦衷。

起初，羅銘並不理睬李 Sir，後來，有一次，他在宿舍被另一班惡男孩欺負，被李 Sir 看見，對惡男孩嚴加警告說：「誰敢欺負我的朋友，小心後果！」

惡男孩以為羅銘有「後台」，又懾於李 Sir 的威嚴和 Lok Lok 樂樂的兇猛，也就不敢造次。但李 Sir 的一句「朋友」，卻使孤傲冷酷倔強的「攞命」羅銘兩眼通紅，終於流下第一滴男兒淚。李 Sir 見羅銘鐵石心腸被軟化了，認為時機成熟，於是帶羅銘去探他

父親，隔着玻璃，兩父子，做父親的低下頭，做兒子的狠狠地瞪着他，相對無言。

事後，羅銘寫了一封自白書，交給李 Sir，表白心聲：

許多年了，我沒有叫過那個人做爸爸，因為我覺得他不值得我叫一聲『爸』！

我本來有一個幸福的小康之家，住在牛頭角一幢私人樓宇的一個小單位中，他上班，她主理家務，一家三口生活得其樂融融。可惜那個她開始埋怨他掙錢少，不能細屋搬大屋，他變得悶悶不樂，漸漸迷上賭馬、買六合彩，甚至流連麻雀館。

許多時，他帶我上街，卻常把我丟在投注站外，讓我在投注站外驚恐失措，我沒有哭，只是害怕得撒屎撒尿，可是，回到家中，還被她痛打，說我弄污了褲子！那時，我才三歲！從那時候開始，我便很討厭他。

漸漸的，他還開始去澳門豪賭，輸了錢便取了她的家用去博殺，他淪為病態賭徒，不惜借高利貸再去賭，以求回本，可惜，事實上，他把所有積蓄都輸清光，但他還不知收手！有一天，他竟然變賣了全屋電器去還賭債，最後，甚至將屋子抵押。不知怎的，一

身賭債，他就總是還不清，經常遭貴利上門追債鬧事，在門上淋上鮮紅的漆油，我害怕極了！我覺得，我們這一家，從此活在黑暗恐懼和被鄰居嘲笑鄙視中，我，不敢抬起頭來！

明知賭博害人不淺，讓人沉淪，為什麼卻總有人一頭栽進去？！

我開始恨，恨他！恨她！恨這個家！

黑幫追債，手段殘酷，終於，他說要鋌而走險找財路。有一天，他拿着一個黑色膠袋，說要打劫錢最多的地方，就此一去不返！

她受不了刺激，離家出走了，丟下我不管，那一年，我才九歲！沒有流下一滴淚！

從那天開始，我獨自生活，也沒有告訴任何人，直至銀行收不到他還貸款，調查起來，才知道他被捕入獄，最後，據說銀行要收回抵押物業，我被逼流浪街頭，直至被夜青社工發現，才可以有瓦遮頭，繼續上學。但其實，在社工發現我之前，我已經被收編入幫會，回返學校，只為了做幫會「賭仔培育計劃」的種子。

那一年，我才十歲！

如果說我墮落，我的墮落，為的是什麼？

今天，我被關進了懲教所，每天鑿石子，十隻手指血涔涔，手指不痛，但我真的很傷心，我恨，為什麼我會有這樣的爸爸媽媽！這樣的一個家！叫我原諒他們？誰又原諒我？！！！

看着羅銘的自白書，男子漢李 Sir 流下同情之淚，孩子何罪？！

翻查檔案，查到羅銘父親當年械劫銀行案件的紀錄：

大角嘴界限街一家銀行的四號櫃枱窗前，一名男子遞上字條，字條上寫着：「打劫五十萬，快！烈火無情」。

銀行職員大驚失色，高聲呼叫：「經理，打劫呀！」

一聽到「打劫！」二字，銀行裏的顧客被嚇得紛紛奪門逃命，一時雞飛狗走，一片混亂，櫃枱內的銀行職員早已紛紛蹲下躲藏，尋求自保，只有一個叫陳嘉佑的年輕見習生，他正站在櫃枱邊當值，他走無可走，躲無可躲，和匪徒面對面，你眼望我眼。年輕人腦中一片空白，不知所措，只能夠眼睜睜看着匪徒打開黑色膠袋，拿出兩樽不明液體倒在櫃枱上，正要用打火機點火……

獨行匪徒想用打火機點火，可是卻不知怎的，三

次都點不着，這個時候，匪徒忽然心怯了，轉身奪門而出，這時本來腦中一片空白的陳嘉佑，不知哪裏來的勇氣，竟然拔足狂追！一邊跑還一邊高呼「打劫」！

門口看熱鬧的人羣中，有三個穿着校服的中學生，看着年輕職員拚命追賊，血氣賁張，其中一個大叫道：「追啦！」他的兩個同學立即響應，加入追逐，看熱鬧看得高興的羣眾，紛紛拍手鼓勵。

銀行劫匪真奇怪，去打劫，竟然穿着低腰，俗稱「瀨屎褲」的寬鬆牛仔褲，在惶急奔跑中，褲子忽然「甩脫」下來，他，被追到「甩褲」了！「瀨屎褲」劫匪的袋子中露出石油氣火槍！在情急之下，「瀨屎褲」一手拉着褲子，另一手向後拋出一瓶不明物體，企圖阻止追捕者。液體從瓶中濺出，飛彈四處，幸好陳嘉佑年輕，身手敏捷，跳開避過，不過，還是有一些液體濺到他的恤衫上，被濺到的部位立即冒煙洞穿，可見「液體」的毒性。

匪徒的狠毒，激怒了義憤填膺的年青小伙子，陳嘉佑首先是一副豁出去的模樣，向匪徒撲將過去，猛力把劫匪撲倒，這時，三個中學生也剛好趕到，把身一倒，死死壓住劫匪，四個青少年，終於合力制服了兇徒。

　加入捉匪行列的三個中學生，一個名叫楊俊，樣子成熟穩重；一個叫陳榮活潑頑皮；另一個叫陳森林，愛沉醉警察夢，他們三人，加上銀行職員年青職員陳嘉佑，捉賊有功，三陳一楊，成了城中英雄，他們擒拿的——正是「攞命」羅銘的父親羅金！

　父親因賭欠債，鋌而走險，行劫銀行，被判入獄十年，母親要獨力持家，但又不甘出賣勞力，於是加入走水貨行列，據說，她試過身綁八十五部手機走私，每部賺十元，一天出入關口數次，日以繼夜，不再回家。當年只有九歲的羅銘，從此孤獨成長，常常默默獨坐一角，沉默寡言，眼中沒有淚，卻迸發仇恨與憂傷。終於，在他十歲那一年，社區黑幫向他伸出「友誼之手」，和他稱兄道弟，保護他免受欺凌，他——就是設賭局，發高利貸，逼同學犯罪的少年頭目「鬼添」！

　「哎，我為什麼想不到，羅銘的英文名字正叫Tim！鬼添，鬼添，正是他！」牛頭角警署中，李 Sir 恍然大悟地叫道，在一旁的 Lok Lok 樂樂也連聲叫吠，表示同意。

　才十五歲的羅銘，罪行嚴重，必留案底，他，會有一個怎樣的將來？

第七章　還我一個清白

　　羅銘，被判入沙咀懲教所，跟其他少年犯人一樣，每日要參加七小時的紀律訓練，包括二小時步操訓練，一小時體育課，目的就是要消耗他們的體力，沒精力胡鬧；他們還要四小時工作，包括煮飯、清潔房間、洗廁所，還有洗熨衣物、製衣、印刷、剪草等工作；每天的衣服要自己洗，當然囉，難道「被監禁」還要人服侍麼？重犯而又年紀稍大的則會被安排更辛苦的工作，如維修懲教所內設備；還有傳言說，據說在五十年代的香港對付冥頑不靈，不肯聽話，經常搞事的分子，更會重罰去鑿石頭、即俗稱「搵石仔」等懲罰性工作。做這些體力活動，一天下來，一般犯人，都會累得要死，再沒有精力搞事，或者需要打架發洩了。

　　那些被判入懲教所的「少年犯人」，懲教官口中的「犯」，對外美其名叫「受訓生」的，如果表示有興趣讀書，懲教官會安排他們上課，這個社會，總會給人以機會的。「鬼添」羅銘入了懲教所，表現安分守紀，說話不多，工作勤快，整個人，脫胎換骨似的。

就在進入懲教所的第三個月，羅銘告訴來探望他的李Sir和Lok Lok樂樂，他想重拾書本，三年後想考大學。

Lok Lok樂樂雖然只是一頭警犬，但也知道讀書的好處，咧嘴搖尾叫道：

「汪汪，好呀，讀書好過捉石仔呀！」

李Sir當然喜出望外，立即替他向懲教官申請。

所以說，只要給少年人機會，他們總有一天，能自覺地抬頭，重新做人，給你驚喜的。

Lok Lok樂樂有點為羅銘擔心：「汪汪，一邊讀書的受訓生，還要做『勞役』麼？」

李Sir似乎明白他的心意，憐愛地撫着他的耳背說：「『勞役』，是很好的紀律訓練，幫助所內少年提高紀律和合作性，目的是要使他們重入社會時知道守法守紀律，這樣，才會重新被社會接納，重新做人的哪。」

李Sir沒有說清楚的是，一邊讀書，一邊要照常參加「勞役」，還可以避免有人藉口讀書，實行躲懶呢。

這天，陽光普照，輕風徐來，好一個初夏驕陽天，沙嶺警犬訓練學校大校場，警犬雲集，正值午間

訓練結束，警犬老爸一聲「DISMISS！」大家便紛紛坐到大草地上，伸着舌頭，一邊散散氣，一邊曬曬黃昏太陽，一派舒泰。草場邊，李 Sir 正向警犬老爸和眾兄弟述説「鬼添」羅銘的故事，大家都為少年的誤入歧途而惋惜不已。

「汪，小胖子真可憐！」Antje 安琪出更回來，對着我們歎息道。

Antje 安琪，今年四歲，我們愛叫她「烎豬」，她是警犬隊中的生力軍，卻也是令眾犬側目的「嗲精」、「公主」。她刁蠻，愛發脾氣，去年，她仍在懷孕期間，卻在一個雷電交加的晚上，在長沙灣警署，躍過八呎高的圍欄，失蹤了整整十天＊！回來後，安心養胎，做了媽媽，從此很關心弱小，對人類的兒童少年問題很感興趣，最愛查少年犯罪案，幾天前的大清早，Antje 安琪奉召出動，協助阮 Sir 配合大隊偵查少年失蹤案，直至現在才回來。

失蹤的是一個小男孩，叫方長，十三歲，讀中二。

從電腦上的照片來看，他胖嘟嘟，臉圓圓的，跟他的名字又方又長絕不吻合。他一臉胖少年的稚氣，

＊有關瑪蓮萊警犬 Antje 安琪的故事，請看《特警部隊 4．緝毒猛犬》。

babyface 的臉上嵌着小小的眼睛，垂下斜視，像偷窺，又像在睥睨着世界，透露出古怪陰沉冷峻的眼神，與他稚氣的圓臉絕不相襯。不知在何時何處，他被人偷拍了這耐人尋味的一瞬，那張照片，被冠上標題：「圓面小眼睛，睥睨醜小胖，陰濕大色魔」。照片被上載網上，隨即被瘋狂轉載，帖子瞬間變了幾百、幾千，到現在，仍是在被不斷轉發中。他成了網絡紅人，人稱「網絡小胖」，諢號「慌張醜小胖」，或叫做「來日方長大色魔」。

面書上每次轉發有關他的照片和消息，都有人在他的臉上惡搞，使他變成豬、變成狼、變成鬼怪，還加上評語，意氣用事，任情責難，人身攻擊，尖酸刻薄，甚至粗言穢語，他成了人們尋開心，集體誣蔑和欺凌的對象。他憤怒，卻不敢告訴老師和家人；有冤無路訴，他變得孤獨，變得古怪，漸漸的，他成了頑劣學生。

本來，他可以不自投羅「網」，不去接受欺凌，但他不行，他已經上網成癮，已經慘受網絡控制，一停止上網，他便坐立不安，情緒低落，感到焦慮，他才十三歲，已經成為「網癮君子」。

有一天，有人又放了一個帖子上網，還貼上一張

照片，照片上是一條黝黑的街道，街道轉角處站着一個小胖子，樣子看不清楚，網民紛紛猜想，説懷疑他就是校內盛傳的街角色狼！

他被迫得瘋了，整天拳頭緊握，忽然，有一天，他竟然趁正在上課的女教師轉身在黑板上寫字，佯作丟垃圾，故意走過她身邊，拿出袋中的打火機，點上火，燒她的頭髮！

徐姓女教師才二十出頭，剛在教育學院畢業，年輕愛美，留了一頭長及腰際的頭髮，髮尾鬈曲，可見打理得很用心。她的樣子，長得並不漂亮，是同學口中的「豬扒」。她初執教鞭，沒有管理課室的經驗，警覺性也低，完全不察覺學生的異常舉動，全班同學看見了，沒有一個人張聲，卻有一些人悄悄拿出手機，偷偷地拍了照，甚至錄影，事後，證據確鑿地向學校舉報，徐姓女教師知道後，哭得梨花帶雨，説要辭職不幹了。

事態嚴重，學校報了警，方長的事件又被人在網上圖文並茂加上短片瘋傳，有人還在他的照片上加上各種各樣的東西，讓他變成怪物、異形；有人甚至進行「人肉搜查」，把他所説過的、所做過的，全擺上網，有時甚至杜撰虛構，大家肆意惡搞，玩得高興，

目的是想證明他就是傳說中的色狼、魔鬼，是人類中的人渣敗類、社會廢物、自然界怪胎，以引起網民集體羣起攻之，嘲笑之，辱罵之，離棄之，孤立之，總之，就是要他「無面目見人」，「無地自容」。

在學校裏有同學更説要「儆惡懲奸」，在校園裏，他會無故地被人推頭撞牆，在洗手間內被蒙頭掌摑拳打腳踢，在課室內書包書本功課被不明不白地剪爛撕毀。小胖子方長才十三歲，他需要接納，需要朋友，可他卻在網上網外慘遭欺凌，他想過報復，卻又孤掌難敵眾惡；他想過自殺，卻又怕痛。他每天都活在驚恐中……

終於，有一天，家人不見了方長，學校中也找不到方長……

黑夜中，Antje 安琪和她的兄弟阮 Sir，加上一位輔警 Madam，伺伏在學校對面街道旁，偵察附近情況，為的是一宗色魔案件，據報，和一名叫方長的失蹤少年有關。

昨天，一個叫做戴蒂的少女，在同學陪同下，到警署報案，投訴連續幾晚，她在補習後回家路上，就在街口轉角處，都遇見色狼，嚇得她驚呼轉身逃跑，奇怪的是，色狼並非亦步亦趨，反而是轉身逃跑，跑

到一街之隔的距離之後，便停下腳步，轉身回望，整整「一個世紀」然後才離去，少女戴蒂説。

「你是否誇張了點呀？一個世紀？」阮 Sir 問道。

「我們 teen，就是這樣説話的，阿 Sir，你不明白嗎？」少女戴蒂撅起嘴巴説。

這時，阮 Sir 知道了，眼前這個十五歲少女，絕非善類。

「我要準確資料，否則案件不受理，還要告你報假案。」阮 Sir 堅持。

「那好吧，一分鐘，阿 Sir，一分鐘，對受害人來説，就是一個世紀呀，你不知道嗎？去看多些潮流小説吧。不要落後老土，追不上 teen 潮呢！」

阮 Sir 被她氣壞，跟誇張少女貧嘴，不容易佔上風，幸好有女同事在，否則，分分鐘被冤枉，那才不值。

「色魔身材肥胖，五呎高度，路上又黑，對方又戴着 cap 帽，看不清楚他的年紀和樣子。」少女説。

路上亮了街燈，在枝葉茂密的大樹旁，顯得有點黝暗，由於是學校地區，晚上路人不多，一個少女，在路上急步趕路，走向前面燈火人家處，Antje 安琪嗅到少女緊張害怕的氣味，她的腎上腺素急劇上升，

看來，她所說的受色狼威脅，是真有其事的。

阮 Sir 在 Antje 安琪耳邊輕聲說道：「Antje，就是她，報案人。」

Antje 安琪，即乑豬和阮 Sir 伺伏街頭第一晚，少女平平安安進入大廈，所謂色魔沒有出現。

連續三個晚上，Antje 安琪和阮 Sir 都喬裝出現在學校附近，他們希望，少年失蹤案和色魔案能一同解決。

「汪，來了！」Antje 安琪輕聲說。

「少女出現了，色魔也應該現身吧。」阮 Sir 心想道。

「哇！救命呀！」少女大叫道，聲音裏充滿驚恐。

街角，不知從何時何地出現了一個戴 cap 帽、身材肥胖的人形！

接着，就正如少女報案時所述：她驚呼轉身逃跑，「色狼」亦轉身奔跑，跑到一街之隔的距離，便停下回望」。看來，「色狼」似乎並無進一步侵犯之意。

Antje 安琪和阮 Sir 立即從隱藏處撲出來，阮 Sir 下令道：「Antje，HOLD HIM ！」

好一個 Antje 安琪，向「疑犯」飛奔過去，接着前腿一蹬，凌空飛身，直撲對方，將他撲到地上，一

口利齒，緊緊咬着他的手臂，「疑犯」頓時癱瘓在地上，動彈不得。

警署裏，被擒「疑犯色魔」和少女面對面，警方要求少女認人。

少女乍見被捕「疑犯」，表情十分錯愕，許多秒了，她盯着「疑犯」的臉，咬着嘴唇，最後，悻悻然說：「不是他！」

不是他？身材肥胖，五呎高度，戴 cap 帽，街角出現，先跑後回望，完全跟報案少女所述吻合。

不過，眼前這個被捕「疑犯」，是一個中年人，不是網絡上傳說中的少年胖子方長。

那麼巧合？時間、地點、身材、高度、衣飾，都巧合？

如果不是眼前被捕的人，又會是誰呢？

為了「協助」警方破案，少女斬釘截鐵地告訴警方：「街角色魔」就是同校的胖子方長。

「你不是説看不清楚他的年紀和樣子嗎？為什麼現在又如此肯定呢？」

少女斜眼偷望「疑犯」，忽然又吞吞吐吐地説：「我……我懷疑……應該是方長。」

少女前言不對後語，使案子有點「辣手」。

　　如果「街角色狼」真的是網絡盛傳中的方長，便是做了媽媽的 Antje 安琪最不希望的「真相」，因為如果真的是方長，蓄意傷人案加上企圖非禮案，後果可真堪虞了！他的人生將更悲哀了──男童院的大門正為他開着，他還會被留案底，將來出國留學或找工作，也可能會受影響。

　　在滅罪最前線，我們警犬隊最歎息，最可惜，最痛心的，就是親身將少年罪犯逮捕歸案。

　　這下子，警方以為捉了人，破了案，可又峯迴路轉，徒勞無功，真傷腦筋了。

　　審訊室中，「疑犯」一直守口如瓶，不肯說話，連叫什麼名字，住在哪裏，也一概不說。

　　怎麼辦？

　　警方逼不到他開口，只好套了他的指模。

　　幸好香港有智能身分證。追查之下，知道他叫戴志聰。也是姓戴的，有這麼巧合？

　　「戴志聰，你和戴蒂有什麼關係？」

　　「……」保持緘默，十問九不答，是犯罪者慣用的伎倆。

　　「你是戴蒂的爸爸？」阮 Sir 大膽地作出假設，「疑犯」身體震顛了一下，垂下頭，耳尖通紅，不說

話。

「不敢承認？哦，明白，你不是戴蒂的爸爸，如果是，絕對不會做出這種色魔舉動驚嚇她，要她提心吊膽。」「疑犯」戴志聰仍然低頭不說話，眼眶卻紅了。

這微妙的反應，叫阮 Sir 和一眾兄弟心生疑竇，眼前的肥矮戴志聰，絕非色狼甲乙丙那麼簡單。

報案人不指證，警方只好在法定拘留時間內放了他。

戴蒂和戴志聰前後腳離開警署，戴志聰又走到戴蒂住所街角佇立。

戴蒂出現了，瞥見街角的人形，不驚叫了，而是搖了一通電話，然後，毫不猶疑地走上前，指着他罵道：「你為什麼總不放過我，總要像鬼般盯着我？」他倆根本是認識的！

「你不要生氣，我只想看看你。」戴志聰道。

「看看看，有什麼好看？！我不要你看，你最好給我走得遠遠的。」戴蒂滿臉通紅，流着淚，憤怒地、聲嘶力竭地叫道。

連他們身後一頭正低着頭找吃的「流浪狗」也側起耳朵了。

這時，鄰近的一座大廈中走出一個女人，撲向戴志聰，一掌便摑過去，戴志聰不虞有此一着，清脆的「啪」的一聲，戴志聰臉上應招，臉上清清楚楚一個掌印。

「死矮子，還有臉回來生事？！」女人道。

「我掛念女兒，想見見她。」戴志聰解釋說。

「大陸的情婦離你而去了嗎？想吃回頭草了嗎？」女人悻悻然道。

「我真的掛念女兒，讓我和她談談話好嗎？」戴志聰哀求道。

「誰是你女兒？死矮子，就是你，令我生得又肥又矮，被人笑做『豬扒』！」戴蒂悻悻然說道。

「在警局你不跟我相認，現在，在家樓下，你也不必掩飾吧。」戴志聰低聲求道。

「我要掩飾什麼？我沒有爸爸，只有媽媽。」戴蒂指着戴志聰叫道。

「你再不走，我便報警。」女人說。

這時，不知從哪裏冒出一警一犬：「不用報警了，現在就跟我去警署落案。」

一輛籠車瞬間駛至，很明顯，警方早有部署。他們父母女兒，只顧着爭吵，根本沒留意，身邊的「流

浪狗」，就是警犬 Antje 安琪，她頸上掛着一個袖珍攝錄機！

街角色狼變了齣倫常鬧劇，實在令人意想不及。

「你既然知道街角 cap 帽人就是你父親，為什麼還要引導警方說是同學方長？」阮 Sir 問道。警方錄像在手，不容她抵賴。

「我憎惡肥矮人！」戴蒂說，其實她自己也正長得又肥又矮，旁聽的 Antje 安琪不禁咧嘴笑起來：「汪汪。」

對父親的憎恨投射到肥矮人！小胖子方長真是冤枉。

「你這樣會害死方長的。」阮 Sir 說。

「汪汪，你真壞！」Antje 安琪忍不住罵道。

方長是清白的，他是頑劣學生，燒過老師頭髮，但他不是街角色魔，這點十分重要，一定要弄清楚。

但是，他像人間蒸發了般，跟誰也沒聯絡，我們應該到哪裏找他呢？

不會做傻事吧？這是我們最擔心的。

既然知道方長愛在網上流連，迷溺不能自拔，就嘗試在網上找他吧。

「你想將功贖罪嗎？協助我們找方長。」阮 Sir

向戴蒂建議道。

「No way！關我什麼事？為什麼我要去找死胖子？」這是戴蒂的直接反應。

「那我就依正常手續，起訴你誣蔑他人，又報假案，你知道後果嗎？」阮 Sir 好言相勸，「入女童院，這是你的選擇嗎？」

Antje 安琪也在一旁勸說道：「汪汪，別再愚蠢了。」

終於，戴蒂讓阮 Sir 看她的面書，阮 Sir 開始較深入掌握方長的特點：愛上網打機，隨身玩網遊，更重要的是，他愛讀九把刀的小說和電影，正暗戀戴蒂，被網友機笑為「小胖愛豬扒」，「夢中豬扒」，「慌張吃豬扒」……正因為網友們三番四次說起「豬扒」，戴蒂便恨死了方長，對他展開無情的中傷，引起大家起哄，羣起攻擊，方長獨力難支，痛苦憤怒無奈羞慚，終於慌張惶亂，生命軌跡從此改變。

網絡之上，誰都不寬容，它就是一個坑，一個無底深坑，掉下去了，就只有沉淪，永不超生，別指望爬上來。

一天，東區醫院收了個燒傷重症，據說是被火燒傷，傷口感染，發黑腫脹，引發敗血症，原因是偷電

玩電腦，電腦線路着火，造成燒傷。消防員在他袋中找出一張兒童身分證，證上的名字：「方長」！

一場意外火警，讓警方找到方長。

父母來了，安慰他說：「孩子，不用怕，快好起來。」

校長老師來了，鼓勵他說：「方長，不用擔心，校門永遠為你而開。」

社工來了，教他要正面思想，凡事向好處看，使生命充滿正能量。

醫生來了，胖胖矮矮，但開朗溫柔，對他保證：「放心，我一定醫好你。」

營養師來了：「你的五官很好看，我教你增高減肥，做個俊男。」

一個晚上，戴蒂悄悄地探他來了，在牀邊向他道歉：「對不起，方長，是我害了你，我不該在面書上掀起對你的欺凌。你不是街角色魔。」其實，戴蒂自己也是網絡欺凌的受害者，深知被欺凌的痛苦。

方長如釋重負說：「謝謝你還我一個清白。」

Antje 安琪和阮 Sir 在病房門外，阮 Sir 對戴蒂豎起大拇指，用唇語說：「了不起！」

原來，這期間，戴蒂在阮 Sir 的介紹下，上了「戒

除網癮」課程，減少了呆坐上網的時間；她還上了心理健康課，教她正面看人生。阮 Sir 更請社工為她申請了一筆錢，去上「形象課」，戴蒂多做了運動，還進行節食，使她人減了點磅，長高了點，她和阮 Sir 和 Antje 安琪做了朋友，感受到被人關心的溫暖，人變得開朗活潑了。

最後，她放下仇恨，答應在網上協助找方長。

可惜在這個時候，方長出事了！

太遲了嗎？

也不可這樣説，你看，病榻上的方長，不正伸出友誼之手，面露開心笑容？方長對戴蒂説：「謝謝你還我一個清白。」

不是誣衊，戴蒂不會遇上阮 Sir 和 Antje 安琪，改變心態，也改變以後的人生命運。

不是被逼瘋，方長也不會得到社會上的注意，得到支持和協助，還他公道。

「禍兮福所倚，福兮禍所伏」，霉運中有彩虹，幸運裏藏危機，你明白嗎？相信嗎？

第八章　捨不得

自從上次，我 Nona 露娜和陳 Sir 奉命到偏遠處香港島東面的柴灣歌連臣角山上巡邏，就在春雨霏霏、春霧籠罩、春暖花開中，在山上巧遇警犬老爸、警犬老媽帶同我的愛人，Epson 阿爽他爸——Max 麥屎哥哥，上山掃墓之後，我又工作繁忙，Max 麥屎也忙於調理身體，聽說警犬老爸也間中安排一些輕便的工作，讓他打發時間，寄託精神。雖說「白衣魔頭」梁警官給他試了新藥治平錠，治療他的腎臟病，治好了他的失禁毛病，但他畢竟年紀大了，即使不想退下火線，也不能太過操勞，昔日我和他並肩作戰的光輝日子，是不會回來的了。

我還記得，當日在歌連臣角山上*，我問他：「汪汪，Max，親愛的，你會回來工作麼？」他並沒有回答我，現在，我們的孩子都長大了，在香港警犬隊中獨當一面，尤其是十三少 Epson 阿爽，更是警犬隊

---

*有關 Nona 露娜和 Max 麥屎的山上巧遇及合力擒賊的驚險故事，請看《特警部隊 5・少女的「秘密」》。

中的明星，獲獎無數，今年，我已經七歲了，應該也
到退休年齡，但香港警隊用幾萬元從荷蘭買來我們瑪
連萊犬，更用了不少資源來培訓和不斷再培訓我們，
警隊當然一定善用、盡用資源，絕不能被社會人士詬
病浪費公帑，所以呀，即使我 Nona 露娜已經七歲，
Max 麥屎已經八歲，我們早該退下火線了，警隊仍會
看看可不可以再多用一些日子。

　　你們看，警犬老爸不也滿頭白髮，可就是不認老，
就是要做到最後一刻，堅持鞠躬盡瘁，香港有這樣的
警隊和我們這批特警部隊，何患治安不良？

　　我還記得當年的那一天，我 Nona 露娜離開媽媽，
被困在籠裏，運到飛機上，擠在悶熱的貨物艙中，飛
機時而搖晃，時而上下顛簸，令我覺得很不舒服，加
上同艙那兩匹馬不停大便，臭氣薰得我不停打噴嚏；
還有那兩隻不停跳騰叫喧，把鐵籠搖得嘎嘎作響的猴
子，更吵得我內心煩躁。我鬱鬱不歡地趴在籠裏，想
念媽媽，覺得時間實在難熬，不禁發出呦呦嗚嗚的叫
聲。旁邊籠裏也有一頭瑪蓮萊犬，年紀比我大，輕聲
安慰我，鼓勵我要堅毅勇敢，無所畏懼，隔着犬籠舔
我，使我乖乖地安靜下來。他，就是 Max 麥屎哥哥。

　　我們同種同鄉，都來自荷蘭，犬味相投，特別親

切，就由那一刻開始，他，Max麥屎哥哥，成了我的保護神。我們被帶到進入沙嶺，這一個原本罕為人知的神秘地方，在這一個香港西北、中港邊界，一個謝絕外人的禁區，一個要持禁區紙出入的所在，禁區內這麼一個人跡罕到的山頭，在那羣山莽莽，峯巒起伏，樹木濃密掩映之中的——警犬訓練學校，轉眼間，度過了七個年頭。

無論如何，真希望有一天，我倆——Nona露娜和Max麥屎，能夠再像以前一樣，並肩合作，耳鬢廝磨，甜蜜溫馨。

「汪，Nona！」隨着一陣令我興奮的熟悉氣味，是一聲親切充滿愛意的呼喚。

猛回頭，是警犬老爸和我的伴侶Max麥屎哥哥！

我撲上去，狂舔着警犬老爸和Max麥屎。

「看來，Nona，你很想念我們啊！」警犬老爸捧着我的下巴説，Max麥屎在旁微笑，冷靜淡定，一貫大哥哥風範。

「今天，你們一起有新任務，這是新嘗試，警犬隊從來沒做過。」警犬老爸説。

不要看輕警犬老爸年紀大，他的創意點子永遠源源不絕。

當年，就是他第一個向警隊建議從荷蘭引進我們這批狼犬的表弟瑪蓮萊犬。我們瑪蓮萊犬，是比利時牧羊犬和德國狼犬的遠房親戚，即是說，牧羊犬和狼犬是我們的表哥的表哥。表哥的表哥牧羊犬比較厚道，但表哥的表哥狼犬卻常常嘲笑我們，說「我們瑪連萊犬只有三分似狼犬，實則七分似唐狗」，儘管我們比表哥的表哥狼犬跑起來要快一倍，在軍事偵察、海關搜查、消防搜救工作獨當一面；在警事上更表現卓越，被譽為全方位職能犬種，比狼犬更受重用，但表哥的表哥狼犬就是看不起我們！

我們不同凡響，即使遭受歧視和冷落，也不會感到氣餒，反而立下雄心壯志，要做隻好警犬！

校場上，警犬雲集，滿眼是德國牧羊犬、英國狼犬、英國拉布拉多犬、英國史賓格犬、德國洛威拿犬，當然，還有在香港配種繁殖成功的瑪蓮萊犬家族。

「今天，我要你們負責新警犬考試，如何？」警犬老爸何其大膽，竟然起用我倆，Nona 露娜和 Max 麥屎，這兩頭老差骨做考官！

「……」突然其來的創意，我們也不知所答。

「你們每次警犬考試都 100 分，且身經百戰，勝任有餘，對嗎？」

「Yes，Sir！」我和 Max 齊聲應道，校場上微風吹來，揚起犬毛，在春日的陽光下，閃閃發光，威凜無比。

「汪！POLICE DOGS！FALL~~IN！」Max 麥屎喊出集合的口號，雄偉而壯嚴，一眾新紮師弟無不肅然立正，好一支隊伍，一字排開，整齊有序！

「汪，SIT！」

一聽見號令，大家齊齊坐下，沒有領犬員在身邊，動作卻整齊得讓警官們沒話說。

「汪，COME！」

我在十米外下令，眾犬們霍地站起，向着我跑過來，動作迅速俐落，絕不含糊。

「汪，STAY！」

才走了一半，Max 麥屎趕上來，像牧羊犬趕羊似的，發號施令，眾犬們立即煞住腳步，地上揚起泥土，警犬原地不動，抬頭挺胸，聚精會神，留心着下個指令，果然後生可畏。

忽然，不知哪裏鑽出一頭冒失鬼，大叫道：

「汪，汪，DOWN！DOWN！汪，汪，DOWN！DOWN！」

指令古怪，拖泥帶水，精靈的小犬當然不會中計

趴下，而那幾頭趴下休息，伸長舌頭喘氣的傢伙，對不起，立即被帶離校場，不用說，盲目依從不知誰發出的指令，不辨真假，當然不能參加進階考試，要重新培訓哩。

至於那頭冒失鬼，有看《特警部隊》系列的讀者都當然知道，他就是說話永遠重疊的洛威拿犬大叔Tyson泰臣。他全身短毛濃密烏黑，天生黑面上有一對冷光四射的大眼，不怒而威，性格兇猛，黑夜中神出鬼沒，被稱為「魔鬼警犬」；可惜他神經兮兮，老是對大夥兒呼呼喝喝的，頤指氣使，沒有犬愛親近他，讓他飽嘗「無敵最寂寞」的滋味。其實他也有惹笑的一面，除了說話重疊外，就是在他烏黑的眼眶上，竟然有兩小塊啡色圓蓋，嘴角和下巴也出現兩線啡色口水肩，而他的兩條前腿上方又有兩圈左右對稱的啡雞蛋，像加上套上四條啡色管的腿，被市民叫做「拳師狗」。

Tyson泰臣性格善妒，不甘寂寞，他不忿我們被任為考官，竟然跑到莊嚴的校場上撒野：

連聲「汪，汪，DOWN！DOWN！」後，他被逐離場，老臉盡丟，還連累好幾頭小傢伙考試「肥佬」。

「汪，DOWN！」Max 麥屎下令道，簡潔俐落。

眾小犬齊齊坐下，Max 麥屎對他們訓令道：

「汪汪，各位同僚，能夠加入特警部隊，是我們的光榮，我們每一頭犬，都要好好把握機會，努力做好！」

「汪，Yes Sir！」小犬齊聲應道。

「汪汪，下一個環節，將會是出關試的第一部分，正式考試之前會有示範，你們要好好觀摩，牢記在心。」我 Nona 露娜宣布道，並對小犬們鼓勵一番。

看，校場遠處，忽然出現了一個人，全副武裝，一身披着厚重的服飾，手中鞭棒，「嗖嗖」的在空中作響，他背向着我們，看不清他的樣子，但我已經不是初生小犬女了，犬鼻一索，立即知道，「他」，就是尊敬的警犬老爸吳督察，唉，年屆退休了，還這麼辛勞，這麼危險幹嗎呀？我的頭昂起，死命忍住笑，同時奮力禁止尾巴搖晃。

警犬們豎尾咬齒，全面戒備，準備隨時攻擊！

警犬老爸穿上「出關試攻擊科」的全副主考官武裝，整套麻布厚質訓練服，手持鞭棒，扮演目標人物。

這一邊，陳 Sir 將犬索套在我 Nona 露娜的頸上，那一邊，通 Sir 也拖着繫上犬索的 Max 麥屎出現了。

　　我 Nona 露娜和 Max 麥屎抬頭挺胸，昂然站立，貼在領犬員左大腿上，全神貫注，盯着「目標人物」，沒表露一點老態。

　　陳 Sir 和通 Sir 解開犬索，齊聲號令：

　　「HOLD HIM ！」

　　我和 Max 麥屎立即四足齊發，分頭像炮彈飛車般飆向「目標人物」，到距離目標足有兩米遠的距離，只見 Max 麥屎縮前腿蹬後腿，一個伸腰彈高，凌空飛起，從後攻擊，直噬吳督察手臂。咬住他手持鞭棒的右手，死口不放；我在前方撲擊，咬住目標人物的左臂。目標人物好厲害，右臂一舉，將 Max 哥整隻拽起，我們趁他力氣下降之時，將他扯跌地上，目標人物落地之際，掙脫上層臂套，摔掉我們的犬牙，揮動手上的軟鞭，清脆俐落，「啪啪啪啪」，向我們猛抽！

　　我倆再雙雙撲上去，上咬手臂，下噬大腿，上下合作，緊扣不放，示範着警犬在追捕疑犯時遭襲擊的反應，即使遭到疑犯襲擊，警犬也絕不可以夾尾奔逃的。

　　這時，陳 Sir 和通 Sir 走上前大喝道：

　　「LEAVE ！」

　　我和 Max 麥屎才放開犬牙，讓兄弟擒住「悍匪」。

　我和 Max 麥屎的身手，一眾依着領犬員腿旁的師弟妹們看得目瞪口呆，如癡似醉，犬耳直豎，張大嘴巴，齊齊伸出長長犬舌，口涎滴得一地都是。

　有了我們的示範，一眾小犬變得蠻有信心了，不要説跳 over、鑽隧道、行獨木橋、爬梯子、跨欄柵、穿輪道，即使是最難過關的攻擊科，也難不倒他們了。

　所謂養兵千日，用在一朝，考試結束，他們大部分合格了，不久將來，他們便會被委任為特種部隊，有的做巡邏犬、捉賊擒兇；有的被編入警犬隊中的飛虎隊，去緝私，去搜爆，和自己的好兄弟一起出戰。希望他們都聰明絕頂，勇敢堅毅，無論環境多惡劣，工作多困難，都能夠忠心服從指令，完成任務。

　考試「肥佬」的，當然要留班重考。

　説到考試，哈，警犬老爸告訴我們，「鬼添」羅銘在懲教所修心養性，讀書成績極好，獲得減刑，刑滿後，他將回到正規學校，繼續學業。

　方長和戴蒂成了朋友，在網上成立「好胖伴俱樂部」，在面書上招攬小胖子和胖女，聯成一起，自玩自嘲，不再理會詆毀凌辱他們的人，他們的面書還加了李 Sir 和 Antje 安琪成為朋友呢。

這一天大清早，我和 Max 哥哥依偎坐在草地上，看着一輪紅日，裊裊上升，我們還在為自己擔任考官，培訓下一代的事而興奮；也正為少年罪犯洗心革面回頭是岸而高興，這時，警犬老爸出現了，卻說要帶我們去醫療室見梁醫官。

　　What？！

　　Oh！No No No！！！

　　去見梁醫官，是我們最最最不想遇上的事！

　　一輪折磨，恐怖、震慄，尊嚴盡失！

　　那些拽手足、拉舌頭、扯尾巴、插肛門、刺毒針的一連串動作，簡直就是要你的命！

　　衝鋒陷陣，拚命受傷，我們不怕，只是，那「白衣魔頭」，比什麼都可怕！

　　白色冰冷的醫療室內，滿臉被犬齒噬傷縫過針的皰痕的白袍獸醫，頸掛聽筒，手拿着內窺鏡的梁醫官，笑吟吟地走向我倆。我們敬愛他，他守着我們健康最前線；我們害怕他，見他如受酷刑。

　　「來，雙雙齊上，跳上來吧」梁醫官拍拍冰冷的不鏽鋼手術牀。

　　我們咧着嘴，強顏裝笑，望着警犬老爸。

　　「哈，你們不用看我了，這裏梁醫官話事。」

我們無奈，乖乖從命。

如常地拉伸我們的手足，這次，不知怎的，幾下工夫，看完了。

「張開嘴巴……唔，牙齒很好，沒齲齒。」

冷不防，尾巴被他扯上去，「唔，很好，沒寄生蟲。」

「這樣吧，到時候回來打預防針便可以了。」

「我簽了字便 OK 了。」

警犬老爸連番道謝，還和梁醫官握了手，道了別，才帶着我倆離開。

在校場偌大的草地上，新舊警犬雲集，旁邊還有燒烤。

「咦，開派對麼？有人生日？破了大案？」

大家議論紛紛。

「Quiet ！」

大家靜下來後，警犬老爸宣布説：

「今天是 Max 和 Nona 在警犬隊的最後日子，我，也和他們一起，退休了！」

他的説話，即時引起全場哄動。

「汪汪汪，No， No， No， No Way ！我們捨不得你們呀！」吵成一片，吠得最利害的是 Epson 阿爽

142

和 Baggio 小巴，還有他們的朋友黑煞三王子 Lok Lok 樂樂、Owen 奧雲和 Tango 彈高。

「搜爆一哥」Jeffrey 大飛坐在一旁冷笑。

唉，小器種一生小器，品性難移也＊！

忽然，不知是誰帶頭喊叫起來：

「汪汪，警犬老爸萬歲！

汪汪，Nona 師姐萬歲！

汪汪，Max 師兄萬歲！」

警犬老爸向警犬隊申請，一起領養了我 Nona 露娜和 Max 麥屎，他明知我們只有最多一兩年的壽命，但他願意一起領養我們，照顧我們，讓我們可以相偎相親，安享晚年。

我感動地猛搖犬尾，嚶嚶吠叫。

警犬老爸，你實在是我的好爸爸。

黃昏溫暖的金光，照射在校場上每一個人，每一頭犬的身上，和煦溫暖。

多美好的一刻！

只是，我 Nona 的四條腿故事，也要告一段落了。

說真的，做了這許多年特警，要離開，實在捨不

＊有關警犬 Jeffrey 大飛暗鬥 Baggio 小巴和 Epson 阿爽的故事，請看《特警部隊 3‧搜爆三犬子》。

得。

「汪汪，老爸萬歲！」

「汪汪，再見了，兄弟姊妹們！」

「汪汪，再見了，孩子們！」

「汪汪，再見了，偉大的警犬隊！」

我們真的捨不得，警犬隊；捨不得，兄弟姊妹們；捨不得，孩子們！

只是犬生，和人生一樣，年輕時學習，青壯年時工作，晚年時享受輕安歲月，不同階段，有不同的際遇，能享受到不同階段的不同樂趣，才無枉此生吧！

嗚！太好了！有為的一代接班，各盡所能，各領風騷！

超班瑪蓮萊！

搜爆三犬子！

金牌緝毒犬！

王牌搜索犬！

勇猛黑金剛！

我們的警察故事，將永遠留在讀者心中。

Hip，hip，hurray！